集英社オレンジ文庫

この恋が、かなうなら

いぬじゅん

本書は書き下ろしです。

目次

If this love comes true

イラスト／飴村

この恋が、かなうなら
If this love comes true

プロローグ

――いちばんの願いごとは、いつだって叶わない。

子供のころからそうだった。
ささやかな願いごとは叶っても、心から願ったことだけは叶わなかった。
それが大切であればあるほど、運命は私に味方をしてくれない。
あきらめるというより、受け入れるしかなかった。
だからずっと、願いごとは胸にしまって生きてきた。
あの時も、この時も、この恋だって、私は願いを口にはしない。

彼の横顔をそっと見る。
本当に楽しそうに笑うから、私も自然に笑ってしまう。
君といる時間が好き。君といる私が好き。

でも……一緒にいられる時間はあと少ししか残っていない。
大丈夫、見ないフリでやりすごせるはず。
願いごとを口にして、あとで傷つくのはもう嫌だから。

だから、君に笑顔でさよならを。
それが私にできるたったひとつのことだから。

1　雨の招待状

教師という職業は、大変な仕事だと思う。

特に、高校生は多感な時期だから扱いも大変だし、二年生の担任ともなれば受験のことも考えなくてはならない。

東京の都心部にあり設立五年目という新設高校ならなおさらだ。教師にかかるプレッシャーは、私が想像する何倍もすごいに違いない。

内山《うちやま》先生は、二年生からクラス担任になった男性教諭。

この数カ月間で確実に体重が増えている。シャツはパツンパツンだし、ズボンは生地が伸びすぎて今にも弾けそう。

きっとストレスのせいだろう。たまに無意識に胃のあたりを触っているし、顔色もいいとは言えない。

内山先生は今年のお正月に離婚したそうだ。自虐《じぎやく》的なギャグを入れつつ話しているけれど、半年ちょっとでは傷が癒《い》えていないのかもしれない。

その話を聞いて以降、私は内山先生が教壇《きょうだん》にスタンバイすると私語をやめるようにしている。提案も指示も素直に受け入れるようになった。

だから、一学期の期末テスト最終日の放課後、職員室に来るように言われた時も覚悟はできていた。きっと進路についてのことだろうな、と思っていたから。

職員室の隅っこにある内山先生の机の前に立つと、タオルで額の汗を拭きながら先生はよくわからないことを説明し出した。そして最後に、こうまとめたのだ。

「そういうことで村上《むらかみ》は、本校初の『交換留学生』に選ばれたってことだ。おめでとう！」と。

「……なんの話ですか？」

てっきり進路のことでなにか言われると思っていたから、聞き覚えのない単語に戸惑ってしまう。

内山先生はやけにニコニコ笑っていて、近くの席の先生も同じ表情を浮かべている。

「村上は成績もいいし、クラスでも社交的だろ。それに無遅刻無欠席だから、校長先生も『村上梨沙《りさ》さんなら問題ないでしょう』と、交換留学生に推薦《すいせん》してくださっているんだ」

校長室へ続く内扉をチラッと見る内山先生は、なぜか自慢げにあごをあげている。

「交換留学、って……外国の学校に行くんですか？」

　ガハハと笑った内山先生が、乱雑な机の上からなにかを発掘した。

　渡されたのは、高校のパンフレットのようだ。

「静岡県にある私立浜名湖《はまなこ》高校。今年度から姉妹校になったって始業式で校長先生が説明しただろ？」

　遠い記憶をさかのぼっても、あるようなないような……。

　パンフレットにはまだ新しそうな建物の写真が大きく載っている。

「正式名称は、浜名湖大学付属浜名湖高校。付属の大学には栄養学科もある。村上は、進路調査の用紙に大学の名前じゃなく『調理関係』ってふんわりと書いてただろ？　たしか、管理栄養士に興味があるって言ってたよな」

　ふくよかな体を揺らせ笑う内山先生に、思わず愛想笑いを返してしまった。

　いつもそう。誰よりも雰囲気《ふんいき》に合わせることが得意な私は、昔からクラスにも簡単に溶け込めている。でも、今は合わせている場合じゃない。

「あの」と意識して真剣な表情に戻した。

「まだ決めたわけじゃないんです」

「いい職業じゃないか。先生の親が入院した時も、病院の管理栄養士さんにはずいぶん世話になってなぁ。反面、奥さんなんて一度も見舞いにも来なくてさ。そのことでケンカばっかりでさ。あ、いや……元奥さんと言うべきか。今思えば、あの頃からどっかずれてたんだろうなぁ……」

ずれているのはこの話の方向性だ。

「交換留学っていつからいつまでなんですか？」

無理やり話を戻すと、内山先生は私の持つパンフレットを指先でチョイチョイと指した。

「パンフレットのなかに詳細を記した紙を入れておいた。九月から十月末までの二カ月間だけだ」

二カ月間も、だ。

「それに」と先生が立ちあがると、椅子《いす》がギイイと断末魔《だんまつま》のような悲鳴をあげた。

「姉妹校になった時点で、うちの高校と教材や進行も一緒だ。安心して行ってこい」

全然安心できないことを平気で言う内山先生。

まさかこんな話だとは思わなかった。

「九月って、夏休み後すぐってことですよね？　もしも、私が断ったらどうなるんですか？」

もうすぐ夏休み、というこのタイミングでの打診《だしん》は遅すぎる。

普通はもっと早く決めるものじゃないの？

「鋭いな」

ニヤリと内山先生が笑う。

「ここだけの話だけど、元々は西条《さいじょう》にお願いしてたんだよ。なのに、急に『塾があるので』って断られちゃってなあ」

内緒話のように顔を近づけてくるので、同じ幅でのけぞった。

「とりあえずご両親にこれ見せておいて。俺からも後日連絡するって伝えて」

「あの……」と言いかけて口を閉じた。

私はクラスでも明るい性格で認知されている。誰とでも仲良くなれて、かと言って目立つほどさわぐタイプでもない。明るいか大人しいかでいうとちょうど真ん中の位置。

たまたまじゃなく、自分でそのポジションに収まるように努力しての結果だ。

そんな私の弱点は、本当に言いたいことを言葉にできないこと。

本当の願いや希望は口にできない。

昔から変わらない。ううん、むしろ前よりもひどくなっている気がする。

秒で断りたいことがあっても、相手の気持ちを考えると弱気になってしまう。どうして自分の気持ちを正直に言えないんだろう……。

「少し……考えさせてください」

そう言えただけでもマシなほうだろう。
逃げるように廊下《ろうか》に出ると、今年初めてのセミの声が聞こえた。
足を止めて耳を澄ませるけれど、もう声は聞こえない。
蒸し暑い廊下は、夏のにおいがとおせんぼするように立ちふさがっている。
夏のにおいがすると蘇《よみがえ》る記憶がある。それはあまりにも遠い記憶。
「……ダメ」
つぶやいて教室へ急いだ。
思い出の上映をすると最後は悲しくなるから。
学校では楽しく親しげな私でいることが最優先事項だ。
二年一組の教室に戻ると、もうほとんどのクラスメイトが帰ったあとだった。
窓際の席で森香菜《もりかな》がスマホとにらめっこしている。
サラサラの長い髪がうつむく香菜の表情を隠してた。
「ただいまー、って香菜、まだいたんだ？」
「だって、梨沙がウッチーになに言われたのか気になるじゃん」
前の席に座る私に、香菜は澄ました顔で答えた。
茶色に染めた長い髪に白い肌、天然もののまつ毛はうらやましいほどきれいに生えている。身長だって私より十五センチも高いのに足のサイズはほぼ同じ。まるでモデルになれそうなほどキレイでうらやましい。

香菜とは一年生の時、前後の席になったのがきっかけで仲良くなった。

香菜の印象は最初から変わらずに『透明』。いつも凛《りん》としていてまわりの情報にも流されず、バカさわぎもしないが自分というものを持っている。

私みたいに誰にでも合わせてニコニコしているのとは違い、はっきりと意見を口にする。それでも嫌みなく聞こえるのは、香菜が裏表のない性格だと認知されているから。つまり、いい意味で透明なのだ。

長い髪をゴムでしばると、香菜は「で？」とひと文字で尋ねた。

おずおずとパンフレットを取り出す。

「交換留学だって」

「なにそれ」

パラパラとパンフレットをめくる香菜に、内山先生の説明をくり返していると、教室のうしろの扉から小須田亮《こすだりよう》が入ってきた。説明を続けながらつい目で追ってしまう。

するすると座席をすり抜けながらまっすぐこっちに向かってくる亮。

「なんの話してんの？」

声を聞くだけで心臓がキュッと痛くなる。固まる私の代わりに、香菜がため息をついた。

「なんだ亮か。部活行ったんじゃないの？」

「テスト中は部活ねーし。梨沙、ウッチーになんか言われたの？」

意識して目線を逸《そ》らした。

亮とは二年生になってから同じクラスになった。

はじめはイケメンだな、と思って興味を持った。クラスで二番目くらいに身長が高くサッカー部に所属している亮は、クールで愛想もよくないけれど、香菜と幼なじみらしい。だから、ついでといった感じで私にも話をしてくれる。笑顔をくれる。ガムも二回くれた。

名前で呼ぶのは、私だけでなく誰にでもしていること。

つまり、ほとんど見ているだけの恋だ。ううん、これが恋なのかもわからない。

毎日戸惑うことばかりで、感情が勝手に右往左往《うおうさおう》している感じ。

香菜よりも茶色い髪、いつも切り揃えられている鋭角の眉《まゆ》。だらっと着ている制服もかっこよく見える。

意識するようになってから、彼のいろんな面を知り「好き」と「好きじゃない」が同居するようになった。

好きじゃない部分は「そっけない」「言葉が乱暴」とか。でも、たまにやさしくしてくれるたびに、自分の気持ちが強くなる気がしている。右へ左へ気持ちが日々揺れている感じ。

今だって私が呼び出されたことを心配してくれている。

これはかなりのプラスポイントだろう。

「梨沙がさ、交換留学生に選ばれたんだって」

代わりに答えた香菜に、亮はパンフレットをチラッと見た。

「へぇ」

興味がないのか、すぐに自分の机に行くと中を漁《あさ》りだす。

「んだよ、こんな奥にあんのかよ」

と、スマホを手にするとあっさり教室を出ていった。

やっぱり私には興味がないんだな……。

こういうちょっとしたことも気になってしまう。香菜がパンフレットを返してきた。

「楽しそうじゃん。行ってくれば？」

「あ、うん……」

あいまいな返事に気づいたのだろう、香菜が首をかしげた。

「大学まで進めば栄養士の資格は取れるし、管理栄養士にだってなれるかもなんでしょう？」

「そうなんだけどさ」

と、いつもの私モードに切り替えた。

「管理栄養士って結局国家資格だから、卒業する時に受験しなくちゃいけないんだって。大学では受験資格がもらえるだけなんだよ」

「でも興味あるって言ってなかった？　これっていわゆるチャンスじゃね？」

「合格できるかわからないし、採用もなかなかないみたいなんだよね」

いけない。マイナス思考全開になっている。

「それに二カ月間も香菜と離れるの、嫌だよ～」

手を取り嘆《なげ》く私に、香菜は「私も～」と乗ってくれた。

そうだよ。交換留学に行くってことは、香菜と二カ月間離れるってことになる。

……亮とも離れてしまう。

最近やっと亮とも少しだけ話せるようになってきたのに、今離れるのはもったいない。

それに、と窓の外へ目をやると、青い空がさっきよりもまぶしく感じた。

どっちみち、私は管理栄養士にはなれない。

昔からの夢だからこそ、わかっていることがある。

一番の願いごとはいつだって叶わないから。

これまでもたくさんの大事な願いごとをしてきた。

『おばあちゃんの病気が治りますように』『おじいちゃんが早く退院しますように』『第一志望の高校に受かりますように』

どれも叶うどころか、最悪の結末を迎えることばかりだった。

「あれ、亮は？」

香菜が教室を見渡すと、しゅるんと髪が弧を描いた。

無意識に肩まで伸ばしている自分の髪を触った。

「とっくにいないよ」

「なにあいつ。ジュース代返してもらってないし」

そう言ったあと、香菜は私の顔を覗《のぞ》き込んできた。

「さみしい？」

「え？」

眉をひそめる私に、香菜は軽く首をかしげた。

「前から梨沙に聞きたかったんだけど、ひょっとして亮のこと気になってたりする？」

「まさか、やめてよね。なんとも思ってないよ」

バレている自覚はあった。けれど、恋を周知の事実にするのが怖い。

そもそも、これが恋と呼んでいいものなのかも判断がつかない。これまでも、少し気になる人はいた。どれも風邪《かぜ》みたいに、気がつけば熱は下がってばかりだったけど。

恋をするってどういうことなのだろう。数学みたいに答えがあれば簡単なのにな……。

「私のカンって結構当たるんだけどな。ほんとにほんと？」

「ほんとだって」

香菜の情報によれば、亮は昔からモテていたらしい。経験値の差がすごすぎるのは確実だから、今は行動を起こすよりも遠くで見ているだけでじゅうぶん。

そんな感情にふりまわされている。

「あやしいなあ」

ニヤニヤする香菜に膨《ふく》れてみせる。

「やめてよね。ただでさえ交換留学の話で頭がいっぱいなんだから」

「ごめんごめん。冗談だって」

友は、まだ怪しんでいる目のままで慰めてくれた。

マンションの入口まで来ると、ようやく学校モードを解除できる。

ふりかえると、七月の空にはうすい雲が流れていた。テスト期間中は帰りも早いので、自動ドアに反射する光がまぶしい。

打ち水をしている管理人さんに挨拶《あいさつ》をした。アスファルトが濡れるにおいに、また夏を感じた。脳裏《のうり》に浮かびそうになる記憶を無理やり遮断《しゃだん》し、エントランスを抜ける。

夏が追いかけてくる気がして、階段を一段飛ばしで三階までかけあがった。

玄関のドアを開け、リビングへ行くとめずらしくお母さんがいた。

「あら、具合悪いの？」なんて、じゃぶじゃぶ洗い物をしている。

今日は半日で学校が終わることを忘れていた様子。

「今日まで期末テストだって。仕事は？」

お父さんはここから十分の場所で自動車修理工場を営《いとな》んでいる。

人件費削減のためにお母さんも手伝っているのだ。最近は忙しくて休む暇もないと愚痴《ぐち》っていたはずなのに、洗い物をすませたお母さんは優雅に紅茶なんて淹《い》れている。

「いいのよ、今日は」

「休みなの？」

「休みみたいなもんよ」

澄ました顔でソファに座り紅茶を啜《すす》る姿を見て、ようやく見当がついた。

また夫婦ゲンカをしたのだろう。で、怒って帰ってきたんだ。

「梨沙もお茶飲むでしょう？　ほら、クッキーもあるのよ」

「ああ、やめとく。宿題しなきゃだし」

「なによ、せっかく早く帰ってきたのに」

冗談じゃない。

ケンカするたびにずっとお父さんの愚痴を聞かされる身にもなってほしい。

「それよりね、今日先生に言われたんだけど――」

交換留学の話をしなくちゃ、と口を開きかけるがお母さんは「もう」と話を遮《さえぎ》ってくる。

「思い出しても腹立たしい。聞いてよ、お父さんったらひどいのよ」

「いけない。香菜に電話するんだった」

早々に逃げ出し、部屋に戻った。交換留学の話は、お父さんが戻ってきてからにしよう。

着替えをすませ椅子《いす》に腰をおろした。宿題のプリントを探していると、夏のにおいがふわりとした。追い払うように立ちあがり、そのままベッドに仰向《あおむ》けになる。ぼすん、と揺れるベッドはまるで船みたい。

天井に目をやると、しくしくと胸が痛んだ。

夏のにおいは、いつも瑞樹《みずき》君の思い出を連れてくる。

もう遠すぎる記憶なのに、パブロフの犬のように脳裏によみがえる。

あれは幼稚園のころ。いつも一緒に遊んでいた瑞樹君のことが私は好きだった。

思い返せばあれが初恋なのかもしれない。

今になってはソウルメイトだったようにも思える。

いつもそばにいて、一生そばにいると信じていた。

『ずっと一緒にいられますように』と何度も願いを口にした。

けれど、願いは叶わなかった。

むしろ、願いを口にしたせいで離れ離れになったようにすら感じている。

あの日から、気持ちと言葉がバラバラになったみたい。

瑞樹君の声や仕草は覚えているのに、顔だけが思い出せなくなっている。

きっと、二度と願えないように呪いをかけられたんだ。

願いは口にしたとたん、ボロボロとこわれてしまうから。

いつの間にか寝てしまったらしい。

眠りは、リビングから聞こえる笑い声で打ち切られた。

部屋の中はまだ明るいけれど、時計は夕方の六時を示している。日々、昼間の時間が長くなっているみたい。

　また聞こえてくる笑い声に導かれリビングへ顔を出すと、お父さんとお母さんが並んで料理をしていた。

　……よかった。これは、ふたりのケンカが終わった証拠。

　仲直りしたあとは、たいてい一緒に料理をしたり散歩に行ったりしているから。

「あら、宿題終わったの？　ご飯までまだ時間あるから部屋にいてもいいのよ」

　上機嫌のお母さんのとなりで、お父さんもエプロンなんかつけちゃって。

「お父さん、今日は仕事早かったんだね」

「ヒマだったから任せてきた」

　絶対、お母さんの機嫌が気になって早々に帰宅したに決まっている。

　ふたりのケンカは短期決戦が多い。100％の確率でお父さんが折れて決着している。

私の気の弱さや人の顔色をうかがってしまうのは、お父さん譲《ゆず》りなのだろう。

「そうそう」とお母さんがひとつ手を打った。

「さっき先生から電話があったわよ。交換留学の話。聞いてないから驚いちゃったわよ」

　話を遮ったことは覚えていないらしい。

「あ、うん」

席に着くとテーブルの上には食べきれないほどの天ぷらが並んでいた。エビにカボチャにアスパラガス、これは……イカかな。

「すごいじゃない、交換留学生に選ばれるなんて。ねぇ?」

前の席についたお母さんがうしろをふり向くと、お父さんもうれしそうにほほ笑んだ。よく見ると、エプロンの下は作業着のままだった。

「梨沙やったなあ。お父さんも鼻が高いよ」

「よろこんでくれているところ悪いんだけど、まだ返事してないんだよね」

「なんで?」

お母さんの声色がわずかばかり低くなった。

「受けたほうがいい。ううん、受けるべきよ。だって、内申点《ないしんてん》がよくなるでしょう?」

身を乗り出すお母さんに、あいまいにうなずく。

「でも、静岡県だよ。行ったことないし……」

「交通費も学校が持ってくれるし、二カ月の滞在費も面倒見てくれるのよ。初めてのところに行けてラッキーって思わなくちゃ」

私には、このポジティブ思考は遺伝しなかったらしい。

「それに、その高校って管理栄養士の資格が取れる大学までついてるんでしょう?」

「おまけでついてるわけじゃないよ」

「同じようなもんじゃない。調べたら偏差値《へんさち》も高いし、交換留学に行けば推薦《すいせん》入学だって夢じゃないと思うの。先生もそのつもりで推してくれたんじゃないかしら」

スラスラと話すお母さんは、交換留学に行くことに賛成らしい。

「それに、推薦入試は一般入試と違って――」

そこまで言ってお母さんは口をギュッと閉じた。

あからさまな反応に思わず笑ってしまう。

「高校受験で失敗したことを言いたいんでしょ。もう何年前の話よ」

笑顔で傷をえぐることにも慣れた。ホッとした顔のお母さんにホッとする。そして、かさぶたから血が出るのを見ないフリをする。こんなことばっかりくり返している。

「とにかく」とお母さんが話をまとめようとした。

「お父さんとお母さんは交換留学に大賛成。明日にでも返事しなさいね」

「でも、さ……まだ管理栄養士になりたいって決めたわけじゃないから」

おそるおそる上目遣いで言うと、お母さんはきょとんとした顔になった。

「え、そうなの？」

「国家資格に合格したとしても、管理栄養士は職場にひとりいれば十分な職場が多いんだって。そう言われると、就職が心配だし」

「そのひとりになればいいだけじゃない」

「お母さんはわかってないから、そんなことが言えるんだよ」

ぶすっとする私に、お母さんはカラカラ笑った。

「ごめんごめん。でも、管理栄養士が複数人いるところもあるし、資格者だけで栄養指導をおこなっている会社もあるのよ。お母さんだってちゃんと調べてます～」

ダメだ。すっかり乗り気の母には逆らえない。お茶をお盆に載せて運んでくるお父さんを見ると、『任せとけ』とでもいうように大きくうなずいてくれた。

「まあ、そうは言っても梨沙が決めることだしな」

「……」

お母さんの表情がスッと真顔に戻った。お父さんは気づかずに私に箸《はし》を渡してきた。

「なりたい職業がなかったら、うちで事務職員になったっていいんだからな」

お母さんがお茶を淹れる手を止めた。お父さんに気づかせようと目配せをするけれど全然気づいてくれない。

「最近うちも人手不足で困ってるんだよ。梨沙は料理上手だから昼ごはんとか作ってもらうのもいいなあ」

ヤバい。背筋を伸ばしたお母さんが、すうと息を吸った。

「お父さんは梨沙の交換留学に反対している。そういうことですか？」

敬語になるのは、お母さんの怒りのサイン。やっと気づいたお父さんが、「いやいや」と秒で否定する。

「そういうわけじゃなくて――」

「梨沙の将来をちゃんと考えているんですか？　私の作る弁当が美味《お》しくないなら、そう言えばいいじゃないですかっ⁉」

斜め前の席についたお父さんが、「梨沙」と私を見つめた。

「交換留学を受けなさい」

となりでお母さんが満足そうに大きくうなずいた。

終業式と最後のホームルームも終わると、クラスメイトは夏休みに向かってかけ出していった。

八月からはちょくちょく受験対策授業があるけれど、夏休みは夏休み。

帰っていくクラスメイトはどの顔も笑顔にあふれていた。

そんな中、生徒指導室に呼ばれた私は、狭い部屋で内山先生と向かい合って座っている。

私のとなりでは西条さんが背筋をピンと伸ばして先生を見つめている。黒縁《くろぶち》メガネに揃った前髪、髪をうしろでひとつに結び、まさしくクラス委員のイメージそのもの。

二年生になってから一緒のクラスになった西条さんとは話をすることもある。けれど、LINEも携帯電話の番号すら知らない程度の関係だ。

「じゃあ、八月一日ってことでいいな？」

内山先生の念押しにうなずいた。

交換留学に行くかどうかの返事を延ばし延ばしにしてきたけれど、ついにタイムリミットが設定されてしまった。八月一日からはじまる受験対策授業までに正式に回答しなくてはならない。

お母さんは、とっくに『行く』と返事していると思い込んでいる。まだ返事していないと知ったら、激怒するのは目に見えている。

今、この場で『今回はお断りします』、そう言えたらどんなにいいだろう。肝心《かんじん》なことを言いだせない性格は、こんなところでまで影響している。

きっと当日になってもこんなふうに悩んで、最後は押し切られるんだろうな……。

「先生」

西条さんの声に、内山先生がそっちを向いたのでホッとした。

「困っています」

「だよな。早く決めてもらわないと手続きがあるしな。でも、西条は向こうから来る生徒があるから」

……ええと、山下実莉《やましたみのり》さんの担当をしてもらうだけだから。待てよ、ここにもらった情報
カバンから資料を取り出そうとする内山先生だが、なかなか目的の資料が見つからない。

「違います。困っているのは私じゃなく、村上さんのほうです」

急に名前を呼ばれビクッとした。

「村上が？」

「ええ」とうなずくと彼女はメガネ越しの目を向けてきた。切れ長の目がまるで責めているように感じた。

「村上さん、本当は交換留学に乗り気ではないと思うんです」

「そうなのか？」

ふたりの目線から逃げるようにうつむいてしまう。いつも通り明るく、楽しく……。

自分に言い聞かせるけれど、言葉が探せない。

スマホを取り出した西条さんが、指先で画面を操る。

「浜名湖高校について調べてみました。近くに短期でも受け入れてくれる塾もあるようですし、一般評価もまあまあです。どうしようもなければ、私が交換留学に行っても構いません」

「え……」

思ってもいない提案に顔をあげた。内山先生が眉《まゆ》をひそめている。

「でも、いいのか？」

「親も承諾《しょうだく》してくれています。村上さんがよければ、の話ですが」

風向きが変わったことを知り、「ああ」とようやく声が出せた。

「西条さん、いいの？」

スマホをしまうと、西条さんは私ではなく内山先生にうなずいた。

「早く決めないと、相手高校にも迷惑がかかりますから」

やっぱり怒っているように感じる。

「たしかに、な。でも、村上の親御さんに電話しちゃったけどいいのか？」

内山先生もその気になってきている。お母さんには、『先に決まってた子がいた』とでも言っておけばなんとかなるだろう。

「大丈夫です。私、家以外で眠るの苦手だから迷ってたんです」

うれしそうに言えば、内山先生はやっと見つけた書類を私に渡した。

「じゃあ、交換留学に行くのは西条で、村上は受け入れ側の担当ってことでいいな？　山下さんはこっちに住んでいる親戚《しんせき》の家に泊まるらしいから、学校での対応だけたのむな。ここに情報が載ってるから」

「はい」

満面の笑みで答えた。胸をなでおろしていると、西条さんが音もなく立ちあがった。

「それではよろしくお願いいたします」

「ああ、悪いな」

一礼して出ていく西条さん。ちゃんと会話できなかったからお礼くらいは言わなくちゃ。

「私も失礼します」

ダッシュで教室に戻るけれど、西条さんの姿はなかった。そう言えば、西条さんは通学バッグを手にしていた。そのまま帰るつもりだったんだ。

急いで荷物をまとめていると、ふらりと香菜が教室に入ってきた。

「あ、香菜」

「帰るの？」

「うん。ちょっと用事があってさ」

「……そう」

どうしたのだろう。そういえば、今朝から香菜はやけに静かだった。具合でも悪いのかと思っていたけれど、だったらもう帰っているはず。

「あの、さ」

めずらしく歯切れの悪い言いかただ。

「これからちょっと話、できる？」

「え……なんかあったの？　ごめん。ちょっと行かなくちゃいけなくて。夜に電話とかでもいい？」

こんなことをしている間に西条さんは帰ってしまう。せめてＬＩＮＥくらい交換しておけばよかった。

「わかった。じゃあ、夜にね」

やっとほほ笑んでくれた香菜に、手をふってから教室を飛び出す。

昇降口で靴《くつ》を履《は》き替え、校門へ向かうけれど、もうどこにも西条さんの姿は見えない。

たしか……駅前のマンションに住んでいるって言ってたよね？

遠い記憶を掘り起こし、駅までの道を早足で進んだ。高校から最寄りの駅までは近い。交差点をふたつ越えれば、急に風景が変わる。背の高いビルがにょきにょきと建ち、まだ昼前というのにたくさんの人が行き交っていた。

近くの学校も終業式なのだろう、いつもより制服を着た生徒が多い。たくさんの人のなか、西条さんの姿は見つけられそうもない。

「……無理だ」

あきらめると同時に、甘い香りがすることに気づいた。

右手に見えるのは、クラスでも話題になっていた飴《あめ》の専門店。私はまだ買ったことがないけれど、ショーケースにはSNSで映えそうな鮮やかな色の飴が並んでいる。形も様々で、花束のように飴細工やリンゴ飴が花瓶《かびん》に飾られていた。となりにある小さな花束は、イチゴ飴だろう。

イチゴ飴を見ると、すぐに瑞樹君を思い出す。

なぜイチゴ飴に記憶が揺さぶられるのかはわからないけれど、花火大会や出店で見かけるたびに胸がギュッと締めつけられる気分になる。

けれど、甘い記憶は、最後に会った日を思い出せば、苦い味に変わってしまう。

あれからもう何年がすぎたのだろう。

自分の願いを口にできない今の私なんて、瑞樹君は想像できないだろうな。ううん、とっくに私のことなんて忘れているよね……。

道のはしに寄り、空を見あげる。ビルのせいでいびつな形の青空が、窮屈《きゅうくつ》そうに収まっていた。

西条さんにも悪かったな。香菜の話も聞いてあげられなかった。

後悔《こうかい》はいつも後になってからついてくる。いなくなったと思っても、なにかの拍子に顔を出す。私のうしろには、数えきれないほどの後悔がついて歩いている気がする。町の人出にも負けないくらいの大行進だろう。

またマイナス思考になっていることに気づき、再び歩き出す。素の自分になるのは家に帰ってからだ。

元来た道を戻っていると、前方にある書店の自動ドアが開き、制服を着た女子が出てきた。

「西条さん？」

思わず出た声に、女子がこっちを向く。やっぱり西条さんだ。

「村上さんの家ってこっちだった？　あっちの方だった記憶があるんだけど」

驚いた顔も見せず、西条さんは淡々と尋ねてくる。

「ううん。違うの」

探してた、と言うのもはばかられ、

「さっきはありがとう」

本題から入ることにした。西条さんは首をかしげてから、ひとつうなずいた。

「交換留学の話ね。なんか悩んでる感じだったから」

「そうなの。じつはすごく悩んでたんだ」

でへへ、と笑う私に、西条さんは店の前に置かれたベンチに目をやった。

「ちょっと座らない？」

そう言うと、西条さんはハンカチを敷いてからベンチに座った。遅れておずおずと腰をおろす。ふたりきりで話をするのは初めてのことかもしれない。足元から固まっていくような緊張感に気づかないフリで話題を探す。

「西条さん、本屋さんにいたんだね」

「そうなの」

「なにかほしい本があったの？」

「そういうわけじゃないけど、万引きが趣味なんだ」

「へえ……。ええっ⁉」

驚く私に、西条さんはしごく真面目《まじめ》な顔をしていたけれど、やがて耐えきれないように噴き出した。

「冗談だよ。ちゃんと買ってきたから安心して」

バッグから本とレシートを見せてくる西条さん。

「え、えっ。びっくり……した」

まだ胸がバクバクしている。

冗談なんて言いそうもない性格だと思っていたから余計にびっくりしてしまう。

「普段はこんな感じなんだよ。趣味は漫才を見ることだしね。浅草《あさくさ》の演芸館とかも、年間パスポートを持っているくらい常連なの」

「学校とイメージが違いすぎる」

そう言う私に、西条さんはメガネを人差し指で直してから首をかしげた。

「私から見れば村上さんも同じだけどね。失礼なこと言うけど、学校では無理して明るく演じてる気がする」

また胸がさわぎ出した。まさか、バレてるの……？

「そんなことないよ。それよりその本、浜松《はままつ》って？」

話題を変えようと本の表紙を指さした。『旅ブック　浜松・浜名湖』とでかでかと書かれてある。

「交換留学に行くことになったし、予習しておこうと思って。静岡県って行ったことがないから。ちょっとミーハーかな？」

顔を赤らめてはにかむ西条さんは、学校にいる時と違ってやわらかい。

「そんなことないよ。私も静岡県って行ったことないから、全然知識ないし」

「左右に長いイメージだよね」

「新幹線に乗ってる時に『まだ静岡県なの？』って思ったことがある」

「私も」

目を細めて笑ったあと、西条さんは私の顔を覗《のぞ》くように尋ねた。

「村上さん、本当に私が交換留学生になってもいいの？」

「もちろんだよ。感謝でいっぱい」

二カ月間もこの地から離れるなんて、やっぱり考えられない。親にも香菜にも会えなくなるのは困るし、なにより知らない人とすごすのは怖すぎる。

「あ……」

思わず出た言葉に西条さんが「ん？」と目を丸くしたので、首をふってなんでもないことを示した。

私……今、亮のこと考えてなかった。そういえば、今日から夏休みでしばらく会えないというのに、教室でも亮のことを目で追わなかった気がする。

もっと亮と話をしたいから、交換留学も断るつもりだったのに不思議だ。

西条さんがバッグから浜名湖高校のパンフレットを取り出した。私がもらったものと同じものだ。

「浜名湖高校には付属大学があるの。調理関係の仕事に就《つ》きたいって、先生から聞いたんだけど」

「ああ、うん」

通りをながめながらうなずく。

「管理栄養士に興味はあったんだけど、まだ本気じゃないみたい。これが夢だ、って確信が持てないんだよ」

夢だけじゃない、恋も趣味も未来もなにもかも不安定なままだ。

パラパラと本をめくった西条さんがそっと本を閉じた。

「みんな同じだよ。二十年も生きてない私たちに、将来のことなんてわかるわけないもの」

西条さんって真面目で厳しいイメージだったけれど、やさしい人なんだな……。

「でも」とそこで言葉を区切ってから西条さんは続けた。

「行動をおこさずに見ているだけだと、夢に一歩も近づけないよ。ゴールがわからなくても、そうかもしれないんだったら進んでいかなきゃ。管理栄養士になりたい人はたくさんいるだろうから、取られちゃうかもしれないよ」

言っていることは正しい。

わかってはいるけれど、最初の一歩を踏み出すのはいつだって怖い。

恋と進路ってすごく似ている。もしくは、サーカスの綱渡《つなわた》り。バンジージャンプの飛び込み。どれも足が出ないのは同じこと。

「どうして管理栄養士になりたいと思ったの？」

普段ならこういう真面目な質問ははぐらかして終わっている。けれど、西条さんの前ではどんなウソも通用しない気がした。

「昔……幼稚園の頃ね、入院したことがあるんだ」

もう明るい声じゃなくても、西条さんはうなずいてくれている。

「胆嚢《たんのう》って所が悪くて、手術したんだって。そのこと自体はあまり覚えてないくらい昔のことなんだけど……」

病院は消毒液のにおい。ピンク色の壁紙に囲まれた部屋。看護師さんのやさしい声。

「入院中の食事がどうしても食べられなかったの。銀色の器《うつわ》がすごく冷たく見えて怖かったし、野菜も好きじゃなかったから。ほとんど手をつけない私に、ひとりの女性が色々と世話してくれたの。名札に書いてある漢字が読めなくて聞いたら、『管理栄養士』と教えてくれたの」

女性の顔も名前も思い出せないけれど、管理栄養士という言葉だけは頭に刻まれた。

「かわいいキャラクターが描いてある器にしても、やっぱり食べられなかった。彼女はうちの親に家で使っている食器を持ってくるように言ったの。翌日からはそれに盛りつけてくれた。野菜も食べやすいようにゼリーとかお菓子にしてくれた」

ニンジンゼリーにトマトムース、慣れた頃には、味がわからないよう細かく切ったパプリカをハンバーグに忍ばせたりもしていた。

「まるで魔法みたいだった。彼女は、食べるようになった私をうわべだけじゃなく心からよろこんでくれた。そのおかげで好き嫌いがなくなったの。それで、なんとなく管理栄養士になれたらいいなぁ、って」

「料理とかしてるの？」

「うん、してるよ。学校の勉強よりも栄養学とかの本を読んでいるのが好き。とはいえ、まだまだあの人みたいにうまくは作れないけどね」

しょぼくれる私に反し、西条さんはクスクスと笑っていた。

「不思議。村上さんの本当の姿を見られた気がしてうれしい」

「そう、かな……」

「さっきの話に戻っちゃうけど、私たちっていつも人の目を気にして毎日をすごしていると思わない？　いろんな自分を演じているうちにどれが本当の自分かわからなくなる。人間ってそういう生き物かも」

茶化すこともできただろう。『大げさだよ』って笑うこともできたはず。

深くうなずいたのは、西条さんの言っていることが正しいと思えたから。

「西条さんこそ、交換留学に行くことになってもいいの？」

「誰かさんが受けないなら仕方ない」

真面目な顔で言ったあと、西条さんは右手を顔の前で横にふった。

「今のも冗談。元々は私が打診《だしん》されてたからね。それにうちの親、断ったって言ったらカンカンになっちゃって大変なの。あの人たち、内申点《ないしんてん》を崇拝《すうはい》してるから」

「あ、うちも同じ」

いつの間にか肩の力が抜けている。

気負わずにしゃべるって、こんなにリラックスできるんだな……。

書店の前で別れて家に戻る道すがら、心がやけに軽かった。

大きな問題が片づくのと同時に、西条さんとの距離が近くなれたことがうれしい。

中途半端な気持ちで交換留学生として静岡へ行くより、西条さんが行った方がためになるだろう。だろうじゃない、そうに決まっている。

八月一日は、朝から雨だった。

受験対策授業の初日、教室のなかまで雨のにおいが侵食してきている。

朝からなにかがおかしいと感じていた。それは、夏休みというのに登校していることだけじゃない。

香菜に会うのは、終業式の日以来だから一週間ぶり。あの夜、話を聞こうと電話したけれどつながらず、翌朝『なんでもない。また今度で大丈夫』とＬＩＮＥで返信が来ていた。

教室のうしろでさわいでいる亮は、大人しい男子に宿題を写させてもらっている。苦手バージョンの亮から目を逸《そ》らせ、西条さんの席を見た。

いつも早くに登校しているのに、めずらしくまだ姿を現していない。

嫌な予感は雨の音が助長させるみたい。となりの男子とたわいもない話をしているうちにチャイムが鳴った。やはり西条さんの机は、空席のままだった。

西条さんも無遅刻無欠席だと聞いている。受験対策授業は出席日数に入らないからいいけれど、それでも心配だ。ほかにも塾の夏期講習を選んだ数名が欠席しているので、彼女もそっち組なのかも。

でも、先週別れる時に『また八月に』と言っていたけれど……。

内山先生が教室に入ってきた。教壇《きょうだん》に立つと、なぜか私を見てから目を逸らした。

なぜだろう、胸さわぎがする。

「夏休みなのにごくろうさん。今日から一週間、しっかりがんばろう」

そう言ってから内山先生は咳《せき》ばらいをした。

「じつは、みんなに伝えなくちゃいけないことがあるんだ。西条についてだ。じつは終業式の日の下校中、交通事故に遭《あ》ったらしい」

どよっとした驚きの声が、波のように広がった。

「え、ウソ……」

先生の次の言葉が、みんなのさわぐ声にかき消された。思わず立ちあがった私に、一気に教室は静まり返った。

内山先生は「いや」と首を横にふった。

「右足を骨折したが、ほかは擦り傷程度だそうだ。あと三日ほどで退院して自宅療養になるらしい。お母さんによると、本人はいたって元気だそうだ。……ということで、これから小テストをする」

さっきよりも大きな悲鳴が響き渡るなか、すとんと椅子《いす》に腰を戻した。

西条さんが事故に遭った……。

「ああ」

漏《も》れる声に、となりの男子がいぶかしげに見てくる。

内山先生は、西条さんが終業式の日に事故に遭ったと言っていた。

あの日、私が追いかけなければ、声をかけなければ……。

小テストを解くこともできず呆然《ぼうぜん》とする私に、雨が責めるように窓を打っていた。


「あ、梨沙」

トイレから廊下《ろうか》に出た瞬間、うしろから声をかけられた。

ふり向かなくても亮の声だとわかる。

なにげなさを装《よそお》いふり返ると、ユニフォームに着替えた亮がいた。荷物を肩にかけているのは、これから部活に行くのだろう。その向こうでは朝よりもひどい雨の線が見える。

「おーい、大丈夫か」

目の前で大きな手をふられ、我に返った。今日は一日ぼんやりしていたから。

「大丈夫だよ」

こんな時なのに、どうして私は笑っているのだろう。

「なんかウッチーに呼ばれてたけど、交換留学の話？」

前は興味なさげだったのに、いつ知ったのだろう。

「たぶん、そう。西条さん行けなくなったから……」

「大変だな」

ちっとも大変だと思ってなさそうに、彼は言った。なぜ、私は笑顔のままなの？　自分が自分でわからなくなる。『そういうものだよ』と言ってくれた西条さんだけが、ここにいない。

「香菜、どこにいるのか知ってる？」

「教室にいたと思うよ」

上の空で答えると、亮は顔をしかめた。

「それがいないんだよ。でさ、悪い。一緒に帰る約束してたんだけど、ダメになったって言っておいて」

「え……一緒に？」

どうしてふたりが一緒に帰るのかわからずに尋ねると、亮は太い腕を組んだ。

「先輩がさ、部活に顔出せって言うからさぁ。マジ、早く引退してほしい」

そうじゃなくて……。不安げな私に気づいたのか、亮は意外そうな顔になった。

「ひょっとして聞いてない？　俺と香菜、つき合うことになったんだけど」

「え……あ、そうだっけ」

「ってことでよろしく」

あっさりと去っていくうしろ姿を見送った。

どういうことだろう？　教室へ向きを変えると、となりのクラスから香菜が出てきたところだった。今の会話を聞いていたのだろう、まっすぐに私の元へやってくると頭を下げた。

「ごめん」

「えっと……」

「言わなくてごめん」

神妙な顔を見て、さっき亮が言ってたことが、ようやく理解できた。

「亮と……つき合うことになったの？」

「うん。……ごめん」

お腹のなかでなにかがうごめき出すのがわかった。それはすごい勢いで喉元《のどもと》まで這《は》いあがってくる。必死で抑えると、私は口元に笑みを浮かべる。こういう時はよろこびを表現しなくちゃいけない。

「なんで謝るのよ。すごいじゃん、おめでとう」

「……」

「そんな顔しないで。ふたりのことお似合いだな、って思ってたんだよね」

「……それ、本心で言ってるの？」

上目遣いで見てくる香菜は、やっぱり私の片想いを疑っている。

大丈夫。素直な気持ちを言葉にするより、今はもうひとりの自分を演じなくちゃ。

「もちろん。香菜、おめでとう」

そう言う私に、やっと香菜はうれしそうに笑ってくれたからホッとした。

これでいいんだ。自分の気持ちや言葉で、誰かが傷つくのはもう見たくない。

「あ、内山先生が待ってるんだった」

詳しい話は今度聞くことにして、職員室へ急いだ。

雨の音がすごい。髪に肩に、胸に押し寄せるように激しく降っている。

しばらくこの場所を離れたい。

そんなことを思ったのは初めてのことだった。

あんなに迷っていた交換留学の話をあっさりと引き受けた私に、内山先生は手をたたいてよろこんでいた。

そんな自分を、雨の隙間《すきま》から見ているような感覚だった。

2　あの恋は、夏のなか

幼い記憶のなかには、いつも瑞樹《みずき》君がいた。

幼稚園に入学した初日、会うなりすぐに仲良くなったのは覚えている。そばにいるのが日常だったから、お母さんが幼稚園へ迎えに来るとさみしくなった。土曜日と日曜日が嫌いになり、早く幼稚園に行きたくてたまらなかった。私が病気で入院した時は、瑞樹君が来ることがたのしみで、夜の病室も怖くなかった。

『ずっと一緒にいられますように』

私たちは会うたびに願いっこをした。ゲームのように飽《あ》きもせず何度も何度も。

瑞樹君はよく空を見あげていた。

瑞樹君の顔は思い出せなくても、両手を空に伸ばす映像だけは残っている。

『空の青と海の青、どっちが青いと思う?』

飽きるまで空を見たあと、瑞樹君はよくこう尋ねてきた。

海を見たことがなかった私は、『空』と『海』をその時の気分で答えた。

いつかふたりで確かめに行こうと、幼いふたりは約束をした。

ある夏の日、瑞樹君が引っ越すことになったと聞いた。引っ越しの意味がよくわからなかった私は、それでもそばにいられると信じていた。

お別れ会のあと、やっと事の重大さに気づいた時には遅かった。

瑞樹君に会えなくなる。衝撃があまりにも大きすぎて、ただ泣くことしかできなかった。

ずっと一緒にいられますように、ってお願いしたのにどうして？　ウソにきまってる、こんなの絶対におかしいよ。

『さよなら、梨沙《りさ》ちゃん』

握手を求める小さな手を払った感触が、今もまだ残っている。

願いごとをしたから叶わなかったんだ。

『瑞樹君なんて大嫌い』

それが最後の言葉になった。そう言えば戻ってきてくれると思った。

反対のことを言えば、本当の気持ちが伝わると思った。

あれから瑞樹君には会えていない。心を半分失ったような空虚さを抱えたまま、毎日はすぎていった。

静岡県には初めて来た。

浜松駅《はままつえき》で新幹線を降りると東海道線《とうかいどうせん》に乗り換える。新所原駅《しんじょはらえき》で降り、今度は天竜浜名湖《てんりゅうはまなこ》鉄道《てつどう》という路線に乗り換えた。

単車両の列車に乗ると、車窓《しゃそう》から見える景色は一気に緑色に変わった。山と田んぼが広がるなか、まるで自然界に間借りしているようにぽつりぽつり家が建っている。

リュックをとなりの座席に置き、ぼんやり景色をながめる。

単調に揺れる車内で浮かぶのは、香菜《かな》と亮《りょう》のこと。幼なじみのふたりが恋人同士になったことは、すぐにクラスでも知れ渡った。みんな興味津々《しんしん》にインタビューを試みるけれど、『べつに大したことじゃないし』というクールな香菜により、さわぎはすぐに沈静化した。

翌日からの受験対策授業でも、香菜はいつもと変わらず私と一緒にいた。

聞きたいことはたくさんあった。

――いつからなの？

――私の気持ち、知ってたよね？

——どうして先に言ってくれなかったの？

けれど、言葉にできないまま、私も日常を演じた。

「はあ」

ため息を言葉にすると同時に、まぶしい光に気づいた。

見ると、車窓の向こうには青色が広がっていた。

「あ、海……」

穏やかな波が反射し、宝石みたいにキラキラ光っている。

『空の青と海の青、どっちが青いと思う？』

また瑞樹君の声が聴こえた気がした。

わからないよ、そんなこと。

どっちにしてももう瑞樹君はいないのだから。ううん、彼だけじゃない。私には心を許せる人なんて誰ひとりいない。

こんな気持ちで交換留学に挑むことになるなんて思わなかった。

アナウンスが、目的地である三ケ日駅《みっかびえき》到着を知らせた。

荷物をまとめ前方のドアに向かう。資料に書いてある通り、運転手の横にある機械に切符を入れて列車を降りた。むわっとした暑さが体にまとわりついてくる。

木製の小屋みたいな駅舎のなか、右側におしゃれなハンバーガーショップがあった。

駅舎の内側をなぞるように設置されたベンチが待ち合わせ場所だ。

リュックを置き、腰をおろすと同時にスマホが震え着信を知らせた。画面には『香菜』と表示されている。

痛む胸をごまかし、ひとつ深呼吸をしてから通話ボタンを押す。

『もしもし、梨沙？　そろそろ着いたかなって』

香菜の声にわざとらしく「香菜〜」とはしゃいでみせた。

「すごいタイミング。今ちょうど列車を降りたところなの」

『そっちはどんなところなの？』

「えっとね」

リュックを手に駅舎を出てみる。小さなロータリーとアパートらしき建物。道の先には、かなり前に潰れたと思われるパチンコ屋が見える。

「思ったよりいい感じ。学校そばの駅にいるんだけど、ハンバーガー屋さんがあるね。グラニーズバーガーって看板に書いてある」

本当は田舎《いなか》の風景そのものの景色なのに、なぜかそう言っていた。

『へえ。なら良かったじゃん』

香菜の向こうでガヤガヤとした雑音がしている。

「あれ、どこにいるの？」

今日からは学校のはずなのに、と時計を見ると、すでに午前十一時半をすぎている。

『渋谷《しぶや》。始業式が終わると同時に亮に連れ出されちゃってさ。買いたい服があるんだって。明日から通常授業だから帰りたい、って言ったんだけどさ。ほんと昔から強引で困ってる』

ボヤくうしろで『うるせー』と悪態をつく亮の声がした。ふたりは恋人同士。一緒にいたってなにもおかしくはない。

わかっているのに、わかっているはずだったのに。恋人同士ということを改めて提示されたみたいで、心が急に翳《かげ》る。

「デートなんてうらやましい。私はこれから知らない人と二カ月もすごすっていうのに」

おどける自分が好きで嫌い。関係を壊さないためによくやった、という気持ちと、素直になれない自分への嫌悪感がせめぎ合っている。

「あ、迎えが来たみたい」

誰もいないロータリーを見ながら、さもあわてているように言った。これ以上、感情を乱されたくなかったから。

『オッケー。がんばってね、また連絡する』

「ありがとう。またね」

最後まで明るい私を演じてから通話を切った。ポケットにスマホを落とし、空を見あげた。東京では考えられないくらいの大きすぎる空が広がっている。視線を落とし、ベンチへ戻る。

どうして私はここにいるのだろう。こんな悲しい気持ちで二カ月間やり切れるのかな。

今すぐにでも帰りの列車に飛び乗りたくなる。

ドアの開く音がして顔を向けると、ハンバーガーショップから制服を着た男子が出てきた。まぶしいほどの白シャツにグレンチェックのスラックス姿がよく似合っている。

やわらかい栗色の髪が風もないのにふわっと揺れ、駅舎の壁にある時計を確認するように目を細めている。始業式が終わって、ハンバーガーショップに寄ったのだろう。

パンフレットで見た制服に似ている気がする。

彼は視点をゆっくり私のほうへ向けた。

大きめの瞳には大人っぽさと無邪気さが同居しているようで――。

……え？

思考を止めたのは、彼がまるでなつかしい人にでも会ったように、うれしそうに笑ったから。

「こんにちは。村上梨沙さんだよね？」

「あ、あの……はい」

てっきりハンバーガーショップのお客さんかと思ってしまった。

「交換留学実行委員会の日比谷航汰《ひびやこうた》です。お迎えにあがりました」

車掌《しゃしょう》さんがするような敬礼をする彼に、ぎこちなく頭を下げた。

どうやらひょうきんな人みたい。

「村上梨沙です。よろしくお願いいたします」

ひょいと右手を出され反射的に握手を交わすと、彼はさっきよりもっと大きく笑った。

改めて見ると、ずいぶんと背が高いことがわかる。

スリムな体型だけど、制服の上からでもしなやかな筋肉の持ち主であることが伝わってくる。

笑う彼の瞳にさっきまでの大人っぽさはなく、むしろ少年のイメージが強くなっていた。

「じゃあ行こうか。荷物はまかせて」

ひょいと私のリュックを手に取った彼が「あっ」と叫んだかと思うと、宙でパッと手を離した。鈍い音を立ててリュックは元の位置に落ちた。

「ごめんごめん。『航汰は人との距離が近すぎ』って注意されてるのに、すぐ忘れちゃうんだよねえ」

言うだけ言うと、駅舎から出ていってしまった。

リュックを背負い、あとを追うと、日比谷君は階段をおりたところで待っていてくれていた。

セミの大合唱のなか、太陽の光が祝福するように日比谷君に降り注いでいる。

真夏のなかでキラキラと輝いている姿は一枚の絵画を見ているようで、瞬きをするのも忘れてしまう。

階段をおりると、日比谷君は前方を指さした。

「あっちが高校。ここから十分くらい歩いたところにあるんだ」

「あ、はい」

「静岡県には来たことがあるの？」

「ない……です」

いつもならにこやかに返事ができるのに、緊張しているせいでぎこちなくなってしまう。

日比谷君は「ふむ」とあごに手を当てて斜め上をにらんでから、ポンと手を打った。

「じゃあさ、学校に行く前にちょっとだけ寄り道していこうか？」

「え？」

「すぐそこだから。村上さんに見せたい景色があるんだ」

私の返事も聞かずに日比谷君は左へ歩き出す。

遅れまいとついていきながら、なぜだろう、さっきの光景が頭から離れてくれない。

「荷物はホームステイ先に送ってるんだっけ？」

「はい」

「敬語じゃなくていいよ。だって俺、村上さんと同じクラスだし。三月生まれだから厳密にいえば年下になるのかも」

やわらかい話しかただと、広い背中を見ながら思った。

線路沿いの道はなだらかな坂道になっていた。

前方に見えてきたのは、さっき見た青い海。

窓越しに見るのとは違い、青がもっと濃く迫ってくるようだ。

「ここからの景色が好きなんだ。浜名湖鉄道の列車が通るタイミングで写真を撮れば、最高の一枚になるよ」

「海って初めて見ま……見た」

言い直す私に、彼はクスクス笑った。

「じつはこれ、海じゃなくって浜名湖っていう湖なんだ。尾奈駅《おなえき》からこっち側は猪鼻湖《いのはなこ》っていう名前で……って、ごめん。そんなこと言われてもわからないよね」

「ううん、浜名湖は聞いたことがあるよ。山からの水と海水が混じり合ってて、汽水湖《きすいこ》って呼ぶんだよね？」

必死で思い出す私に、彼はまた太陽みたいに笑う。

「その通り。うれしいな、浜名湖のことを知ってくれてるなんて。ここから見る朝日はとてもキレイなんだ。太陽に反射した水が、光の道みたいに伸びるんだよ」

指さす日比谷君の横顔は、あまりに無邪気で亮とは全然違う。

ズンと胸に鉛《なまり》が落ちた気がした。せっかく日比谷君が案内してくれたのに、また暗い気持ちが胸に広がっていくみたいで、思わずうつむいた。

祝福の声をあげていたセミも、まるで私を責めるように聞こえる。

「……てる」

声に顔をあげると、日比谷君は首をかしげて私を見ていた。

ぼんやりしていたせいで、話を聞いてなかった。

「え、ごめん。もう一度――」

「来たくなかった、って顔をしてるね」

責めるでもなく淡々と口にする日比谷君に、ぐっと息が詰まる。

「……そんなことないよ。初めてのところだから緊張してるみたいで」

気まずさを取り除きたくてそう伝えると、日比谷君は急に両手でバッと自分の口を覆《おお》った。

「うわ、俺こそごめん。すぐにこうやって余計なこと言っちゃうんだ。ほんと、ごめんね」

「大丈夫だよ、大丈夫」

「これ以上ボロが出ないうちに学校に行こうか」

さっきよりも速足で歩き出す日比谷君から、もう一度浜名湖へ目をやった。

空の青と海の青、どちらが青いかについては今度また考えよう。

そう思った。

日比谷君は、私が覚えやすいようにいったん駅まで戻ってから細い歩道を進んでいく。

会話は確実にさっきよりも減っている。

駅前をすぎればすぐに建物は減り、田んぼが視界の大半を占《し》めていく。向こうに見えるのは大きな山で、緑色が増えていく印象。

道幅も広くなり、となりに並んだ日比谷君が、風に目をやりながらあくびをした。

「ここってさ、東京に比べたらすごく田舎《いなか》だよね」

日比谷君は人の心を読むことに長《た》けているのかもしれない。

答える前に「まあ」と日比谷君は目をこすった。

「なんでもそろっている東京と比べちゃったら、どこもそうなるか」

なにか言わなくちゃ、と考える前に口が「でも」と言っていた。

「ここには山があって浜名湖もある。少し行けば海もあるんだよね？」

きょとんと目を丸くした日比谷君が、ひとつうなずいた。

「そっか。たしかにそれは都会にはないよね」

「そうだよ。比べても意味なんかないよ」

やっといつもの調子で話せるようになってきた。

向こうに白い建物が見えてくる。遠くからでも大きな敷地だとわかる。

「あれが、浜名湖高校。古い学校だけど、一応冷暖房は完備してる。これから校長室で挨《あい》拶《さつ》をしてから教室に行くんだって」

急に足取りが重くなるのを感じた。

平気な顔をしていないと、すぐに日比谷君に見抜かれそう。

「そうそう、ひとつアドバイスしておくね。長谷川《はせがわ》校長は想像の何倍も話が長いから覚悟しておいて」

門をぐるると正面に三階建ての校舎が見えた。たしかに古く、外壁は塗りなおしてあるけれど、外階段や手すりは潮風のせいかどれもサビが目立っている。

「俺たちのクラスは二年一組。担任は、〝クマどん〟こと熊谷《くまがや》先生。名前の通り体型は熊っぽいけど、性格は穏やかなパンダっぽいんだ」

知らない学校に通うことになるなんて、ちょっと前には考えもしなかったことだ。

断るチャンスだってあったのに、どうして私はここにいるんだろう。

香菜は今ごろデートを楽しんでいるのかな。亮への気持ちは平熱に戻っているというのに、なぜ私はこだわっているの？

日比谷君にはバレていないらしく、「そうだ」と私を見て、手を合わせてきた。

「さっきグラニーズバーガー……ああ、ハンバーガーショップから出てきたことは内緒にしてほしいんだよね」

「あ、うん」

「あそこで週末バイトしてるんだよ。さっき、駅に到着したとたん、店長に見つかっちゃってさ。人が足りないから今週シフトに入ってくれって。ほんといつも強引なんだよね」

ちっとも迷惑そうな口ぶりじゃなく、むしろ楽しんでいるように聞こえた。明るくて穏やかな日比谷君は、きっとクラスでもバイト先でも人気者なんだろうな……。

「バイトってしたことあるの？」

「したかったんだけど、親が反対してて」

本当は、バイトするくらいなら家業を手伝えと言われている。バイト先でも親と一緒だなんてありえない。

「じゃあ、体験してみる？　交換留学のついでにバイト代ももらえるよ」

あいまいにうなずいたのは、まだここにいることの実感がなかったから。目が覚めたら全部夢だったらいいな、と思ってしまう私がいる。

昇降口からなかに入ると、知らない高校のにおいがした。日比谷君の言う通り、古さは否《いな》めないけれど清潔感はある。なによりクーラーが汗ばんだ体に気持ちがいい。

日比谷君に連れられ、校長室へ。長谷川校長は真っ黒に焼けたおじいさん校長だった。

予告通り、いやそれ以上に話が長く、大半は長谷川校長のこれまでの話と、弟が菊川市《きくがわし》というところで病院の院長をしていることの自慢話だった。

「そろそろ教室へ行かないと。みんな待っています」

日比谷君が止めてくれなかったら、あと一時間はしゃべっていただろう。

教室の前で日比谷君は立ち止まると、私をふりかえった。

「取引をしよう」

「え、取引？」

思わぬ提案に目を丸くする私に、彼は人差し指を口に当てた。とっさに口を閉じる。

「交換留学に乗り気じゃないことは内緒にしてあげる。交換条件は、俺がさっきバイト先に寄ったこと。よろしくね」

返事をする前に教室の扉を開けると、

「お待たせしました！」

日比谷君はさっさとなかに入っていった。

純粋な人だと思ったけれど、失礼な人にも思えてしまう。

代わりに大きな体の男性がぬっと姿を現した。

山のような巨体に大きな顔。眉毛《まゆげ》がたわしみたいに濃くて、目つきも鋭い。黒いジャージ姿で年齢は四十歳くらいに見える。

まさしく、クマどんだ……。

「村上だな。遠くまでごくろうさん。さあ、入って」

ゴクリとつばを飲みこむ私に、見た目と同じくらいぶっきぼうな声でそう言った。

先生に挨拶をしてから心細さ全開で教室へ足を踏み入れた。

おお、という歓声と拍手が生まれた。黒板には縦書きで『村上梨沙』とチョークで書かれてあった。クマどんなのに、めちゃくちゃ字がうまい。

「はいはい、静かに」

となりでパンパンと手をたたく熊谷先生。それだけであたりに風が起きていそうな勢いだ。教室は私のクラスよりも少ない生徒数で、おそらく三十人くらいしかいない。

「てことでぇ、これから十月末まで交換留学生として一緒にすごすことになった村上さんだ。はい、どうぞ」

丸太のように太い左手を出され、自己紹介をうながされた。

日比谷君はうしろのほうの席でニッと笑顔を作っている。一方的に言われ、弁解の余地も与えてくれなかった日比谷君にムッとしてしまうが、これ以上バレてはいけないという冷静さも取り戻せた。

最初の自己紹介はいちばん大事だ。あまり自信満々でもいけないし、内気すぎてもよくない。意識して少しだけ笑みを浮かべた。

「初めまして、村上梨沙です。短い期間ですがよろしくお願いいたします」

丁寧《ていねい》に頭を下げると拍手がまた押し寄せた。

「東京ってやっぱり都会だら？」

近くの席に座る茶髪男子が大きな声で尋ねると、どっと笑いが起きた。

「当たり前やて」「そんなこと聞いたらいかんに〜」「くっちゃべるなって」

方言だらけではしゃぐ男子に紛《まぎ》れて、女子たちがコソコソ内緒話をしている。おそらく髪型のこと、制服のこと、見た目のことだろう。

「うるさい！　村上さんは本校初の交換留学生なんだ。失礼なことは絶対するなよな」

そういうこと言われると余計すごしにくいんですけど……。

心配する私など構わず、熊谷先生は右奥の空席を差した。

「村上の席は、代わりに交換留学に行った山下《やました》のとこな」

そっか、このクラスから私の学校へ行った生徒がいるんだった。うなずいて席へ向かう途中、たくさんの視線を感じた。

転入生ってこんな感じなんだな、とまるで他人《ひと》ごとのように感じた。

「ってことで、これにて二学期初日は終了。課題忘れたやつは明日までな。はい、解散！」

地割れがするほどの大声で叫んだあと、教室は音であふれた。

大半が帰っていくなか、女子を中心に数人が私の席にわらわら集まってくる。

「ねえねえ、東京のどこに住んでるの？」「私、結月《ゆづき》って名前。よろしくね」「やっぱり東京って物価は高いの？」

まるで動物園の動物になった気分。もしくは、刑事ドラマに出てくる取り調べみたい。

ヘラッと笑いながら答えていると、クラスメイトの間をかきわけながら一組の男女が席の前に立った。

「はい、質問はここまで。村上さんつかれてるから帰りまーす」

こっちは日比谷君。心細かったせいもあり、さっきのムカつきも忘れ、ホッとしてしまう。

「航汰、出しゃばるなって」

「だって俺、村上さんの担当なんだもん」

「自分から立候補したくせに」

文句を言う男子に日比谷君は目を線みたいに細めておかしそうに笑っている。

こんなにたくさんの人に囲まれたことがないから緊張してしまう。

日比谷君のとなりに立ったポニーテールの女子が私と目線を合わせるようにかがんだ。

「初めまして。大石美亜《おおいしみあ》です」

ホームステイ先として載っていた名前だと思い当たる。

「よ、よろしくお願いします」

「こちらこそ。美亜って呼んでくれるとうれしいな」

大石美亜も日比谷君と同じく肌が焼けている。大きな瞳は好奇心に満ち溢《あふ》れキラキラしている。運動部なのだろう、焼けた肌が歯の白さを強調していた。

「ずるい、じゃあ俺のことも航汰って呼んでよ」

日比谷君がずいと顔を近づけてきた。

「あたしのほうが先に言ったんだからね」

「迎えに行ったのは俺だし」

「あんたが『俺が行く』って聞かなかったからでしょ！」

いつもなら満面の笑顔で返せるのに、新しいことだらけで表情が追いつかない。いきなり下の名前で呼ぶのは抵抗あるし、ぐいぐい距離を詰めてくるふたりに戸惑ってしまう。

あれよあれよという間に、三人で駅へ向かうことになった。

途中で観念して、ふたりを名前で呼ぶことになり練習させられたりもした。

さっき降りたばかりの駅で、美亜が切符を買ってくれた。

「ちょっと遠くて申し訳ないけど、列車通学になっちゃうんだ」

「あ、うん」

「駅からはすぐだから、安心してね」

先に改札を抜けた航汰が、「でもさ」とふり向く。

「すぐはすぐでも、俺らの家、山の途中にあるからキツいけどね」

「だけど駅から近いのはほんとのことだし」

「物は言いよう」

「なによ！」

漫才みたいに繰り広げられる息の合った会話に、ふと思いつく。このふたり、すごく似ている……。

「……ひょっとして、ふたりは双子なの？」

ふたりはきょとんとしてしばらく固まったあと、ブッと噴き出した。

「あははは。やめてよ、全然似てないし」

「俺、こんなにおっかなくないし」

「誰がおっかないのよ！」

漫才の続きがはじまりそうなので、あわてて手を横にふった。

「違うの。ごめん、その……」

ああ、と言わんとしていることがわかったのか、航汰がポンと手を打った。

「では改めて自己紹介タイムです。日比谷航汰。好きな食べ物は、三ヶ日みかん饅頭《まんじゅう》です」

美亜は目じりの涙を拭《ぬぐ》ったあとも、ヒイヒイ笑っている。

「東京の人ってもっとクールかと思ってたけど、梨沙っておもしろいね」

「違うよ。航汰が『俺らの家』って言ったから、勘違いしちゃったんだよ」

ようやく会話のペースに乗ることができた私に、美亜は航汰を指さした。

「うちら、幼なじみなの。家が目の前ってやつ」

「美亜にいじめられたら俺の家に逃げてくればいいから」

「ひどい！」

怒る美亜に、航汰は狭いホームを逃げまわっている。

……おさななじみ。

ふたりの関係は、亮と香菜の関係に似ているんだ。

胸は、まだ少し痛かった。


三日もすれば、人は環境に慣れると聞く。

土日をはさみ、水曜日の朝になっても寝不足は続いていた。

布団を畳《たた》み、はしっこに寄せると制服に着替える。

カーテンを開けると、下り坂の向こうに寸座駅《すんざえき》が見えた。

その向こうには浜名湖の青が今日も広がっている。空と続いているような色につぶやく。

「空の青と海の青、青いのはどっち……」

朝のかすれた声にため息をこぼした。となりの部屋の美亜はまだ寝ているのだろう。

私が使っているのは、今は東京に住んでいるという美亜のお姉さんの部屋だ。ベッドは持っていったらしく、長方形の跡が残る絨毯《じゅうたん》に布団を敷いて寝ている。

そっとドアを開け、一階の洗面所で髪を整える。観察の結果、クラスの女子のメイクは、うすめがスタンダードとわかったので控えめにしておく。

肩までの髪をブラシでとき、わからない程度にヘアオイルで整えた。

「おはよう、早いね」

キッチンのドアを開けると、美亜のお母さんがおにぎりを作っていた。うちのお母さんより少し年上だろうか、ふくよかな体全体を使って大きなおにぎりをにぎっている。まるで踊っているみたい。

「おはようございます」

「朝から悪いんだけどね、今朝もお願いできたらうれしいんだけど」

はい、と答え、手を洗った。冷たい水が、すでに蒸し暑い朝に気持ちいい。

料理が好きなことは事前情報で伝わっているらしく、『料理が大の苦手』と初対面で言ったおばさんを手伝う時間は増えている。朝はお弁当作りを手伝うのがこの数日の恒例だ。

「ホームステイに来てもらってるのに、手伝いばかりさせてごめんなさいね」

おばさんは、にぎったおにぎりをむしゃむしゃと頬張《ほおば》りだした。

どうやら特大おにぎりは自分用だったらしい。

「いえ、なにか手伝わせてもらっていたほうがうれしいです」

これは本心だった。気を遣いながらいるよりも、できることで役に立てたほうが気が紛れた。おばさんは本当に料理が苦手らしく、誰よりもよろこんでくれたのは美亜だった。大した料理じゃなくても大歓喜してくれている。

美亜はテニス部に所属していて、もうすぐ大きな試合を控えている。ダブルスを組んでいる相手が三年生で、この大会が引退試合になるとのこと。この数日は、遅くまで練習に明け暮れているようだ。

今日のお弁当のおかずは、おばさんと相談し、豚肉のアスパラ巻きにした。バラ肉に下茹《したゆ》でしたアスパラとチーズを巻き、ひと口大に切る。バター醤油《じょうゆ》で焼けば完成だ。チーズが糊《のり》の代わりとなり、しっかりと円形を保持してくれる。

「あとおかず、なにかもう一品入れたいわよねえ」

「昨夜《ゆうべ》のおかずのひじきって残ってませんでしたか？」

冷蔵庫をのぞき込むおばさんに、ほうれん草のゴマ和《あ》えを作りながら聞く。おばさんはシュンとして、「食べちゃった……」と肩を落とした。なんだかにくめないおばさんだ。

「それより、梨沙ちゃんは料理関係の仕事に就《つ》きたいんですって？」

洗い物をはじめるおばさんがそう尋ねてきた。

「いえ。まだ決めたわけじゃないんです」

「こんなに料理が上手《じょうず》なのに？　もったいないわよ」

じゃぶじゃぶと水の音がしている。

「夢かどうかもわからないんです。料理関係の職業って、調理師とかパティシエとか色々あるじゃないですか。大学か専門学校かも決めてないので、のんびり考えます」

夢に踏み切れないのは、きっとダメになるってわかっているから。私が本当に願ったことはいつだってかなわない。

おばさんは納得できないらしく「ねえ」と距離を詰めてくる。

「浜名湖大学にしたらどう？　なんなら、お姉ちゃんの部屋をずっと使ってくれてもいいのよ。ここから通えばいいじゃない」

チンとレンジが鳴った。あいまいにうなずきながら、口元には笑みを意識する。

「楽しそうですね。あの、味噌汁の具ってなににしますか？」

美亜の朝に味噌汁は欠かせない。

「今日はね、小松菜《こまつな》と豆腐にしたの。いいのいいの、それくらい私に手伝わせて」

おばさんは腕まくりをすると、小松菜を水で洗い、切り出した。ザクザクと小松菜を切る音が続いたあと、また気持ちは東京へ戻ってしまう。

いつも、その場所にいる自分を楽しめないのはなぜだろう。この家に住む人はみんなやさしいのに、日がたつごとに帰りたい気持ちは増していく。

「交換留学、楽しめている？」

答える前に冷蔵庫から、昨夜の残り物であるサトイモの煮つけを取り出す。こちらは無事生存していたので、レンジにセットした。

「はい。すごく楽しいです」

「そう、よかった。これで味噌汁はＯＫね。私は美亜を起こしてくるわね」

入れ替わりにおじさんがスーツに着替えて登場した。

「おはようございます」

二階からおばさんが「起きて！」と大声で叫んでいる。

「いつもこうなんですか？」

「ああ。毎朝毎朝、すごいこった」

我関せずのおじさんが新聞を読みはじめた。

クスクス笑いながら、それでも心はまだ重いままだった。

眠れないのは、さみしいから。推薦《すいせん》されてここに来たはずなのに、まるで棄《す》てられたような気分が拭《ぬぐ》えない。

なにも楽しくない。悲しい、さみしい、帰りたい。そして、最後は帰りたくない、とも思ってしまう。心がぐちゃぐちゃに絡んでいるような気分がずっと続いている。

レンジがまたチンと鳴った。

寸座駅のホームに立つと、浜名湖が眼下に広がっている。

向こう岸には緑が生い茂り、空の青色へと続く。

まだ眠そうな美亜が丸い木製ベンチに座り込んでいる。

朝が弱い美亜は、今日も部活の朝練に参加できなかったようだ。

「うう、また怒られる……」

戦いつかれたボクサーみたいにうなだれている。

「夜、眠れないの？」

「そういうわけじゃないんだけど、昔から眠りが浅いんだよね。夢ばっかり見ちゃって、すんごくつかれる」

睡眠の質をあげるための食事について調べてみよう。ネットでもいいけれど、できれば詳しく載っている専門書を見てみたい。図書館に行けばあるのかな……。

結局、やりたいと思えるのは料理に関することだけ。口にすれば、周知の事実になってしまうだろうから、軽くうなずくにとどめた。

向こうから列車がのんびり近づいてきた。

「あ、電車来たよ。航汰がまだ来ないけど……」

心配する私に、美亜は大きなあくびをした。

「水曜日がいちばんギリギリに来るからね。発車前にはダッシュで来るはず」

「どうして水曜日なの？」

「つかれがたまるんだって。木曜日からは週の後半でしょう？　休みに向けて元気になっていく、という謎の思考。部活も勉強もしてないのによく言うよね」

美亜の言うとおり、向こうから全速力でかけてくる航汰が見えた。

「部活、してないんだ」

どうりで毎日一緒に帰れるわけだ。最近は、ふたりで帰ることも多かった。列車が停車すると同時に、航汰がホームにすべり込んできた。

「セーフ」

はあはあ、と息を切らせている航汰を無視して、美亜が列車に乗り込むので、あとに続いた。まばらな乗客の半分以上が、浜名湖高校の制服を着ている。あとはおばあさんにサラリーマンの男性がちらほら。

東京で経験する通勤ラッシュとは全然違う。

横並びの座席に三人で座った。いつもの定位置だ。

「いやぁ、さすがに今日は間に合わないかと思った。あー、足が痛い」

まだ息を切らせている航汰が左足をさすっている。美亜は完全無視を決め込んでいるらしくスマホをながめている。

「美亜はあいかわらず低血圧？」

「うるさい」

ぴしゃりと美亜が会話を遮断《しゃだん》した。はいはい、と肩をすぼめる航汰はいつも同じテンションだ。クラスでも明るくて、言葉もやわらかい彼は、人懐っこい犬を連想させる。

亮とはずいぶん違うな……。亮は気分屋だし言葉も乱暴だし。やさしい部分もあると思っていたけれど、冷たい時と比べるから目立っているだけなのかも。

そうじゃないと、あんなふうに香菜と付き合っていることを平然とは言わないだろうし。

ううん、違う。私が自分の気持ちを表に出さなかったからだ。

美亜が「おはよう」と席を立って、車両の後方にいる女子たちのほうへ行った。

「よかったー。朝練サボったのあたしだけかと思ったから安心したよ」

「私は今日委員会があるので、休むって伝えてありますけど……」

「がーん」

思わず笑ってしまいそうになるのをこらえていると、

「梨沙はさ――」

ふいに航汰が口を開いた。

「日々、元気がなくなってる気がする」

「そんなこと……」

そこまで言いかけて、すうと息を吸う。

「そんなことない。楽しいもん」

ニッと笑ってみせるけれど、航汰は納得できない顔をしている。

この数日でわかったのは、航汰はなんでも言葉にしてしまうこと。

航汰と美亜は交換留学生である私の担当。だから、こんなふうに気遣ってくれているんだ。逆に言えば、本人たちだってやりたくてやっているんじゃないってこと。

航汰は納得できない顔をしていたけれど、私はスマホの世界に逃げることにした。しばらく単調な揺れに身を任せていると、浜名湖が見えてきた。

いつもそこにあるから、もうじっくりながめることもしなくなった。やっぱり人は慣れていく生き物なのかもしれない。

ふと、横を見てスマホに目を戻す。そしてもう一度航汰の顔を見る。

ぼんやりと浜名湖をながめている航汰の顔には、いつもの笑みも無邪気さもなかった。

ひどく悲しげな瞳に胸がドキッと音を立てた。

もう一度確認する勇気も出ないまま、列車はいつのまにか三ヶ日駅のホームに向かい減速しだしている。

「おし、今日も遅刻はまぬがれた」

ひょいと立つ航汰に、さっきの悲しみはもうない。

いつものようなまぶしい笑顔から目を逸《そ》らし、列車を降りた。

駅を出ると、自転車通学の生徒にぶつからないよう狭い歩道を歩く。

美亜は、さっきの後輩と一緒にうしろを歩いている。

「航汰は部活してないんだよね」

「まあね。梨沙は？」

「してない。料理研究部も考えたんだけど、見学に行ったら学年ごとの上下関係がすごそうに見えて結局行かなかった。航汰はどうなの？」

「まあ、そんなとこ。でも料理は好きなんだよね？」

うん、とうなずきながら疑問を覚えた。さっきから航汰は、私の質問に答えずにはぐらかしている。……考えすぎかな。

九月というのに、この町はまだまだ夏が色濃く残っている。さすがにセミの声は少なくなってきたけれど、上空で光る太陽は朝からかなり強い。

道幅が広くなると、航汰は足を速めてとなりに並んだ。

「あのさ、なんか悩んでるなら相談してよ」

さっきの話の続きを持ち出す航汰に、

「悩みなんてないってば」

あっさりとした口調を意識して返した。

――悩みばっかり。

「梨沙には楽しんでほしいんだけどなぁ」

「だから楽しいって」

――楽しくなんかない。

昨日も香菜から電話があった。亮とどこへ行ったとか、なにを食べたとか。聞きたくないことをずっと話していた。

その間も私は今みたいに笑顔をはりつけていた。

亮への片想いは今ではすっかり姿を消している。むしろ、やっとわかった。あれは恋じゃなかったんだ、って。

スッキリするのが普通なのに、今は、八つ当たりみたいに香菜への不信感を募《つの》らせている。なんで言ってくれなかったの、ってそればっかり。

モヤモヤした気持ちが胸で渦巻《うずま》いている。ここに来れば少しは改善されると思っていたのに、どんどん重くなるようだ。

「ほら、またぼんやりしてる。もっと楽しまなくっちゃ」

お気楽な航汰に、閉ざしていた心のフタは簡単に開いてしまう。

「なんにも知らないくせに」

言ってからハッと気づき口をつぐんだ。

「なんにも知らないから言えるんだよ」

「どうして？　どうして航汰はそんなことを言うの？　どうして私のことをわかってるふうに言うの？」

気づけば、足が勝手に止まっていた。

「わからないから知りたいんだよ。交換留学生になって、やっとこの町に来たんだしさ、楽しんでもらいたいだけだよ」

気にする様子もなく言った航汰の言葉が、やけに引っかかる。

「やっと？」

「違うか。せっかく、だ。せっかくこの町に来たのに」

あ……まただ。一瞬だけど航汰は目を伏せて、ひどく悲しい目をした。

瞬きの間に笑みに戻る航汰のことが全然わからない。

「じゃあ言うけど、私……来たくて来たわけじゃないから」

こんなこと言いたかったわけじゃない。

それなのに、ひどい言葉は簡単にこぼれてしまう。言ったそばから生まれるのは、後悔《こうかい》の気持ち。

「あ、そういう意味じゃなくって……」

取り繕《つくろ》おうとする私に、航汰は「大丈夫」と言った。

恐る恐る横顔を見ると、彼は大きな口を開けて笑っていた。

え、なんで笑ってるの？

「やった。素直な梨沙がようやく見られた」

そんなことを言うから、ますますわけがわからなくなる。

「あ……」

視界がぼやけていることに気づくのが遅すぎた。

鼻がツンとして涙が込みあがるのをうつむいてこらえた。なんで泣きそうになっているのか、自分でもわからない。

「こら！」

美亜が私と航汰の間に割り込んできた。

「梨沙、大丈夫？　こいつになんか言われたの？」

肩を抱く美亜が、「あんたねえ」と航汰を責めた。違うって訂正《ていせい》したいのに、それだと私がここに来たくなかったことがバレてしまう。

「えー、俺？」

「あんたしかいないでしょ。ほら、先行って！」

シッシッと追い払われた航汰が不服そうに歩いていく。もう校門は目の前だ。

「航汰になにか言われた？」

今の会話、美亜には聞かれていなかったようでホッとした。

「ううん……」

歩き出すとすぐに美亜が横に並んでくれた。美亜の怒りは収まらないらしく、昇降口で上靴《うわぐつ》に履《は》き替えたところで「もう」と鼻から息を吐いた。

「ほんと朝からムカつく。航汰って、なんでも思ったこと口にしちゃうんだよね。昔からそこだけは全然成長しないんだから」

「うらやましい」

素直な気持ちが言葉に変換された。どうしよう、さっきから思ったことを口にしてしまっている。固く閉じていた感情のフタが開きっぱなしになっているみたいだ。

「うらやましいってなにが？」

階段を登りながら、美亜が尋ねた。

「私は……真逆なんだ。言いたいこと、あまり言えないから。なんか、航汰って悩みなさそうでいいよね」

なんとか軽い口調で言えた。航汰みたいに素直だったら、香菜にも聞けたのかもしれない。香菜の話をもっと聞いてあげられたのかもしれない。

「いやあ」と美亜は複雑そうに眉《まゆ》をしかめる。

「そうでもないみたいよ。なんか突然、『大学には行かない』って言いだしたらしくて、先生もおばさんも大混乱中。親戚《しんせき》のおじさんにも殴《なぐ》られたって言ってたし」

「え、そうなの？」

階段を数歩上った美亜がふり向いてうなずく。

「決意は固いみたい。自分のこととなると、ほんっとに頑固なんだよ」

「どうして大学に行かないの？」

「知らない。聞いてもはぐらかされるし。あ、おはよう」

教室に入ると美亜はクラスメイトに声をかけていく。それに続きながら、航汰を探した。

航汰は男子とゲラゲラ笑っていて、悩みなんて少しもないように見えた。

けれど、心のなかではきっと悩んでいる。

私はそれに気づかず、ひどい言葉を投げてしまった……。

あとで知る後悔を何回くり返せば、私は大人になれるのだろう。

罪悪感が足元に絡みついているような気がした。

昇降口を出ると、攻撃してくるような強い風が吹きつけてきた。

夕方になっても夏のにおいを含んだ風は、季節の名残《なごり》がしがみついているように感じる。

舞いあがった土埃《つちぼこり》はやがて渦《うず》になり消えていく。

そうして私はまた、瑞樹君を思い出す。

いつもこうだ、とあきらめながら校門へと歩いていく。好きな人ができても、ほんの数週間で勘違いだったことに気づく。そもそも、好きな人の嫌いな部分を数えるような恋ばかりしている。

最後は瑞樹君を想い、暗い気持ちをさらに暗くする。

自分でもおかしいのはわかっている。顔も思い出せないのに、いまだに気になっているなんて……。しかも幼稚園の頃の話となれば、あまりにもノスタルジーが強すぎる。

「待って～」

ふり向くと、ジャージに着替えた美亜がかけてくるところだった。今日はこれから部活らしい。航汰とはあのあとうまくしゃべることができないまま、放課後になってしまった。

怒っているわけじゃなく、ただ気まずいだけ。

「ほら、早く」

美亜が後方に向かって言うと、昇降口から顔を出したのは航汰だった。

監督のように腕を組んだ美亜が、

「聞いたよ。あいつ、やっぱり余計なこと言ったんだってね」

嘆《なげ》かわしいと首を横にふった。

「え……？」

余計なことを言ったのは、私のほう。

『来たくて来たわけじゃない』なんて、絶対言ってはいけなかった。

航汰は私の前に来るなり、首をすくめた。いや、頭を下げたのかもしれない。

「なんか悪かったね」

「あ、違うの。私が――」

「違うでしょ！」

釈明しようとする私に、美亜の声が重なった。

「それじゃあ謝ったことにならないって言ったじゃん。やり直し！」

おそらく言葉の選択についても指摘されていたのだろう、航汰は居住まいを正すと、頭を下げた。

「すみませんでした」

「あの……私こそ、ごめんなさい」

「いや、俺こそ」

交互に頭を下げ合う。満足そうに美亜が「よし」とうなずいたので、顔を見合わせた。

本当に監督みたい、と笑ってしまった。航汰も同じように照れ笑いを浮かべている。

「てことで仲直りね。マジこいつ、デリカシーないからごめんね」

美亜がバシバシ航汰の肩をたたいている。今度は肝《きも》っ玉《たま》母ちゃんみたい。

「ううん、そうじゃなくって——」

「あ、ヤバい。部活行かなきゃ。航汰、あとはよろしくね」

言うやいなや、美亜はダッシュで校舎に吸い込まれていった。

いなくなったとたん、航汰は体全体で息を吐いた。

「いやー、マジあせった。美亜ってたまに強引すぎるんだよなぁ」

もう一度謝るべきだろう。美亜は勘違いしたままだったけれど、元々は私のほうからケンカを売ったようなものだし。

航汰が息を吞《の》む音が聞こえた。校舎のほうに顔を向けた航汰が驚いた顔をしている。

「列車の時間ギリだわ。これ逃すと三十分は来ないんだよ」

校舎にかかっている大きな時計を見て納得する。昨日はタッチの差で遅れてしまい、次の列車が来るまでずいぶん待たされたから。

走り出すと、生ぬるい風がまた生まれた。けれど、さっきより不快感はなかった。瑞樹君との記憶も一緒に流されていくような錯覚《さっかく》を覚える。

少し走ったところで、航汰が「ああ」とスピードを緩《ゆる》めた。

「足が痛い、息が苦しい、もう無理。ということで、あきらめよう」

「ええ、もう少しだよ」

「先に帰ってもいいよ。朝のダッシュの時、足痛めたみたいでさ〜」

左の足首を押さえる航汰は、たしかに痛そうに眉をしかめている。そういえば朝の電車でも痛がっていたっけ……。

ひとりで走るのも気が引けて、横に並んで歩いた。

三ヶ日駅はすぐ近くに見えているのに、なかなか近づかない。

踏切の音がにわかにさわぎ出し、やがて赤色に塗られた車体が見えた。

「これ、走ってても間に合わなかったね。だったらゆっくり歩いて正解だったかも」

指さす私を航汰がきょとんとして見てくる。

「……え、なに?」

「梨沙ってやさしいなぁ、って」

「やめてよ。全然やさしくなんかないよ」

赤らむ顔を隠すように背を向けた。

美亜が言うように、航汰は思ったことを口にし、人の心にすっと入ってくる。

ようやく駅舎にたどり着き、改札口の前にあるベンチに腰をおろした。

初日に私が立っていた場所だ。

「今日は、ハンバーガー屋さん定休日なんだね」

グラニーズバーガーには『CLOSED』の看板が出ていた。

航汰も少し離れてどすんと座る。

「昔は平日でも開いてたんだけど、今じゃ土日祝のみの営業だからね」

「そうなの？　でもこの間はいたじゃん」

「平日はテイクアウトだけやってるからね。美亜が試合控えているから、どうしても頭数が足りないんだ」

航汰の言っている意味がわからない。どうして美亜が関係あるの？

私がするのと同じ角度で、航汰も首をかしげた。

「聞いてない？　美亜もここでバイトしてるんだよ。しかも、バイトリーダーだから俺より時給高いんだよ。あ、これ内緒だったわ」

いたずらが見つかった子供みたいな顔に、口をぽかんと開けてしまう。

「そうだったんだ。全然知らなかった」

「聞いてくれたらなんでも答えるよ。梨沙も同じようにしろって強要したみたいで、それは反省してる。でもさ、なんでも話せばお互いの謎がなくなるからラクだと思う。って、これが美亜の言う『余計なこと』なんだろうけど」

一瞬だけさみしそうに見えた横顔も、すぐに太陽みたいな笑顔に変わった。

元気な自分を演じている私とは全然違う。

そうだよね。私も、初めから香菜になんでも話せていれば、こんな気持ちになることもなかったのかもしれない。

溜めに溜めた気持ちはいつか爆発してしまう。そう、今朝みたいに……。

「今朝はごめんね。私、あんなこと言っちゃって……」

やっと心から謝ることができた。

「あれでいいんだよ」

「よくないよ。ひどいこと言ってごめん」

「いんや」と航汰は大きく首を横にふった。

「やっと梨沙本人に会えた気がして、俺はうれしかったよ」

あまりにも屈託のない言いかた。身構えていた装備がぽろりと外れた気がした。

「私は言わなすぎで、航汰はなんでも言いすぎ。真逆だね、私たち」

「たしかに。正反対だからこそ、わかり合えることだってあるかもよ」

夏の終わりの駅舎のなか、頰《ほお》が急に熱く感じた。

目をカモメみたいにして笑う航汰の向こうに広がる青空が、まるで一枚の絵画のようにキレイ。

——違う、違う、違う。

ヘンな感情が生まれそうで、秒で立ちあがると航汰の足首を指さした。

「カルシウム不足かも」

「カルシウム？」

「足、痛いって言ってたでしょう？　こないだも、同じこと言ってた。きっとカルシウム不足なんじゃないかなって。痛いのは骨が原因？」

「どうだろう。わからないよ」

戸惑った顔に気づかなかったフリで、私はこめかみに人差し指を当て、考えるポーズを取った。高鳴る心臓を無視して、栄養学の参考書を思い出す。

「骨なら、魚とかのカルシウムが必要。軟骨なら、干しエビとかに含まれるグルコサミン、玄米《げんまい》にも骨に重要なビタミンB群が含まれると思う」

「そっかあ、梨沙は料理が得意なんだっけ」

ごまかすために料理を使ってしまってごめんなさい。誰に謝っているのかわからないまま、心のなかで謝罪した。

「美亜、ここんところ梨沙の料理自慢ばっかりだし、なんかうらやましい」

「べつにたいしたことしてないよ。航汰の好きな食べ物ってなに？」

「俺はフルーツ」

「え、果物のこと？」

男子で一番にフルーツを挙げる人はめずらしい。

「そう。フルーツならなんでも好き。これからだと、柿や梨とかが旬《しゅん》かな。そのままでも美味《おい》しいけど、調理して使うとさらに最高！」

ごくんと唾《つば》を飲み込む姿に、思わず笑ってしまった。

今度作ってこようか、と言いそうになる口をギュッと閉じる。

そんなこと、絶対に言えない。

不器用な間を埋めるように、航汰は立ちあがるとホームへと歩き出す。

「俺も梨沙の料理って、超うまいと思うよ」

「食べたことないでしょ」

ツッコミを入れておく。が、航汰は不敵な笑みを浮かべてくる。

「じつは食べたことあるんだよな。ちなみに今日もいただいた」

「は？　どういうことよ」

びっくりしすぎて、普段は使わない言葉が飛び出してしまった。気にした様子もなく航汰が首をかしげた。

「美亜ってさ、じつはニンジンが大の苦手なんだよ」

「質問の答えになってないんですけど」

眉《まゆ》をしかめる私に航汰は線路の先に目をやったまま「でね」と話を続ける。

「あとはピーマンとカリフラワー。三大苦手野菜が入ってるおかずは、俺のところにまわされてくるんだよ。ちなみに今日の肉巻きはすばらしかった。甘辛《あまから》のタレにとろみがついてて最高だったなあ」

あ、ニンジンを入れたっけ……。お弁当は自分の席で食べる決まりがあるので、美亜とは離れ離れ。まさか、航汰にトレードしていたなんて。

「いつもおいしいって言ってくれてたのにな。ちょっとショック」

燃えるように揺れる陽炎《かげろう》の向こうから、逆方面行きの列車がやってきた。のんびりと停車した列車は、数名のお客さんをおろしたあと再び駅を離れていく。

「美亜なりのやさしさと取るか、裏切りと取るかの違いじゃない？」

航汰は正しいことを、あっさり言うクセがあるみたい。

「言われてみると、そうだよね」

好き嫌いを聞かなかった私も悪い。たしかに、夕飯で出した酢豚に入れたピーマンは、残していた気がする。ニンジンを使ったなますは、『お腹いっぱい』と言って、残してたっけ……。

「航汰って、ちゃんと美亜のこと心配してるんだね」

「友達だからね」

ふたりはお互いを理解している。足りない部分を補《おぎな》っているチームみたいなものかもしれない。

私は香菜とわかりあえなかった。わかっているつもりで、ちっとも香菜の恋心に気づけなかった。それはきっと……私がうまく取り繕《つくろ》っていたから。心を許してくれない友達に、なんでも話すことなんてできないよね。

重い気持ちが空の青を侵食し、いつの間にか厚い雲が覆《おお》っている。

それでもまだホームには、真夏のような暑さが漂っていた。

家に戻ると、ちょうどおばさんがスーパーから帰ってきたところだった。エコバッグ三つぶんの食材を、大型の冷蔵庫に食べさせている。

「買い物っていい運動よね。なんだかぐったりつかれちゃったわ。梨沙ちゃん、このあとって時間ある？　あるなら一緒におやつでも作らない？」

「明日のおやつですか？」

「やだ。今日のおやつに決まってるじゃない」

時刻はもうすぐ六時になろうかというところ。たしかに美亜はまだ部活から戻ってきていないいし、おじさんも今日は遅くなるかもって言ってたけれど……。

おほほ、と笑うとおばさんは、人差し指をあごに当てて「んー」と宙を見た。

「プリンがいいわね。ちょっと時間かかっちゃうけど、口がもうプリンを欲してるもの」

そんなことを言うおばさんはかわいい。

「じゃあ時短レシピを教えますね。ボールに卵と牛乳を入れて混ぜてください。覚え方は簡単です。ひとりぶんが卵1個、牛乳100cc、砂糖10グラムです」

「わかった。まかせて！」

おばさんが混ぜている間に、部屋で着替えをすませた。おばさんは毎日を楽しんでいるな、と思った。今朝までのマイナスな気持ちが少し消えたような気がする。日常を忘れ、非日常を楽しまなくちゃね……。

「梨沙ちゃあん！」

下から悲鳴が聞こえたので急ぐと、ボールが洗濯機《せんたくき》のなかみたいに泡立《あわだ》っていた。よほど激しくかきまわしたのだろう。

「大丈夫ですよ」

表面の泡をスプーンですくい、残りはこし器でこす。グラニュー糖と少量の水をフライパンにかけると、カラメルの香ばしいにおいがキッチンを満たした。

「カラメルをカップに入れて少し冷めたらプリン液を注ぐ。あとは、耐熱皿に水を張りレンジでチンすれば――」

おばさんが目を細めて見つめていることに気づき、口を閉じた。

おばさんが洗い物の続きをはじめながらほほ笑んだ。

「なんだか楽しくってね。うちはお姉ちゃんも美亜も運動ばっかりしてるから、こんなふうに一緒に料理をしたことがないのよ。そもそも、私が料理が苦手なのが原因なんだけどね」

「でも、うちでは両親は私に料理をまかせっぱなしですよ」

「じゃあないものねだりなのかもね」

渡された鍋《なべ》を拭きながら思い出す。

「そういえば、美亜ってニンジンが嫌いなんですね」

「昔から緑黄色野菜が苦手なの。特にニンジンがダメね。あとは、ピーマンと――」

「カリフラワー」

「そう」とおばさんは目を大きく見開いた。

「もうそこまで調査してるなんてすごい。お弁当のおかずは食べてくれているから安心してるんだけどね」

「それが衝撃の事実が発覚したんです。苦手なおかずは航汰が食べていたんですよ」

ネタバラシをすると、おばさんはおかしそうに笑った。

「航汰ならやりかねないわね。昔っから、なにかあると美亜をかばってたから」

やさしい航汰だから、兄のような気持ちで接しているのだろう。

おばさんはなにか思い出したように洗い物の手を止めた。

「航汰も梨沙ちゃんみたいな子を好きになればいいのにね」

おばさんの言葉に「え」と戸惑ってから、すぐに笑顔を顔にはりつけた。

「やめてくださいよ。まだ知り合ったばかりなんですから」

「ほんとだ。私、なに言ってるのかしら。今のは内緒ってことにしましょう」

いたずらっぽく笑うおばさんに、私も秘密の共有者としてうなずく。

好きな人か……。

改めて亮のことを頭に浮かべた。好きな気持ちは跡形もなく、すぐに香菜のことで思考は埋まっていく。

私はまだ香菜と向き合えていないんだな、とさみしくなった。

航汰が言っていたように、なんでも話すことができる自分になりたい。

それなら、こんなモヤモヤした感情を香菜に向けなくてもすむかもしれない。

粗熱《あらねつ》を取ったデザートを冷蔵庫へ移す。あと二十分も置けば食べ頃だろう。

「梨沙ちゃんは好きな人いないの？　彼氏がいるとか？」

調査に乗り出そうとするおばさんに、わざと両腰に手を当てた。

「私を調査するなら、デザートはお預けになりますよ」

「やめてー」とあわてるおばさんに笑う。

少しだけ、交換留学を楽しめている自分に気がついた。

3　月がふたりを見ていた

九月はまだ、夏を終わらせたくないらしい。空は入道雲のような大きな雲に支配され、遠くに見える橋は暑さで揺らめいている。

天気予報によるとこの暑さも今週で終わり、来週からは一気に秋の気象に変わるそうだ。

『それで、その子のことをまた思い出してたの？』

スマホの向こうにいる西条《さいじょう》さんの問いに、「うん」と答えながら時計を見る。

美亜《みあ》はめずらしく朝練に行き、航汰《こうた》は病院へ行ってから登校すると連絡があった。おじさんは出勤したあとで、おばさんはゴミ出し当番で集積所に立っている時間。

少し早いけれど家を出ようかな、と思っていたところに西条さんから電話があったのだ。

電話で話すのはこれで五回目。最初は、交換留学に行けなくなったことへの謝罪で、二回目はクラス委員としての現状調査だった。それ以降は、たわいない話をしている。

西条さんはこれからギプスを外してもらってから登校するらしい。

まだここに来て一週間くらいしかたっていないのに、すっかり東京を遠く感じている。

ソファに体をもたれさせ、庭に通じる窓に目をやった。たくさんの花やシソ、キンカンの木が植えられている。うちのマンションでは考えられない光景だ。

それにしても、人の家にひとりでいるなんて不思議な気分。

『そんなに気になるんなら、瑞樹《みずき》君のこと知ってる友達を探してみればいいじゃない』

この数回の電話で、瑞樹君のことを話してしまった。それ以降西条さんは、私のなくしかけた記憶について話題をふってくる。

「気になるっていうか、ふいに思い出しちゃうだけなんだよ。友達っていっても幼稚園の時の友達なんて、今じゃ疎遠《そえん》だし。そもそも、苗字《みようじ》すら覚えてないんだよ」

『でも、自分の性格の起因となることなんでしょう？』

「起因？」

『言い換えるとトラウマ。なんて、こないだ見たドラマの影響かも。サスペンスドラマでね、最後は意外な犯人だったんだ。私、じつは二時間ドラマって好きなんだよね』

西条さんとは話をするほどに距離が近くなっている。西条さんのお母さんが厳しいことか、お父さんが会社の社長ということも聞いた。西条さん自身は勉強をがんばっているけれど、じつは大の男性アイドル好き、しかもメンクイってことも知った。

「西条さんって、好きなものがたくさんあるんだね」

『興味が尽きなくって困ってるの。今は、盆栽《ぼんさい》にも興味を持ち始めたところ』

クスクス笑ってから、西条さんは『よかった』と言った。

『心配してたけど、楽しめているんだね？』

「うん。気がつけば一週間たってた感じ。この調子じゃあっという間に終わりそう」

これは本当の気持ちだった。

東京を離れたことで、少しずつ自分の感情に整理がついている、そんな毎日。

『森《もり》さんも心配してたよ』

「香菜《かな》が？　そう、よかった。私も会いたいって言ってたって伝えておいて」

最後にウソをついた自分にがっかりする。亮《りよう》への想いは消えても、香菜に対するモヤモヤした気持ちだけは日々大きくなっている。

通話を終えて外に出ると、空にはまだあの夏が残っていた。

『空の青と海の青、どっちが青いと思う？』

そんなのわからないよ。わかったところで、もう過去には戻れない。

瑞樹君は今ごろどこでなにをしているの？

少しでも私の記憶が彼に残っていたらいいな……。

航汰のお弁当箱は半分がフルーツで占《し》められている。主食のバナナは別添えなので、フルーツだらけだ。クラスでは周知の事実らしく、誰もこのアンバランスをツッコまない。私はかなり気になる。偶然見かけて以来、聞いてみたいと思っていた。

航汰の前席の男子は放送部に所属しているそうだ。たまに当番の日には昼休みはまるまる不在となる。そして、今日がその日だ。

トイレから戻ったフリで、さりげなく座ってみる。

「やっと昼休みだね」

にっこりとバナナをほおばる航汰に、

「お腹空いたよね」

いつも以上にやわらかい声を意識しながら、さりげなく弁当箱に目をやる。今日の中身は、おにぎり二個と、肉団子と小松菜《こまつな》の煮びたし、あとは柿のタルトと、フルーツサラダ、バナナという構成だ。

「ほんと、フルーツが好きなんだね」

「今日のは五十点。かなりフルーツが少ないから残念」

いや、かなり多いけれど。感情を押し込め、感心したようにうなずく。

「すごい美味《おい》しそう。タルトって時間かかるのに自分で作ったの？」

柿のタルトは一度作ったことがあるけれど、手間がかかった上に、上に載せるコンポートがゆるくなり失敗した記憶がある。

「まさか。これは昨夜の残り物。親が作ってくれたんだ」

「え、夜もこういう食事なの？」

そこへ、美亜があきれた顔を浮かべてやってきた。

「言ってやってよ。昔からフルーツばっかり食べてんの」

「美亜に言われたくないし」

「なによ。言うくらいいいでしょ」

ほほう、と航汰は美亜を見あげた。

なぜだろう、その瞳に青空が映っているような錯覚《さっかく》を覚え、さっと目を逸《そ》らせた。

「いいのかな？　美亜の秘密を口にしても」

美亜の緑黄色野菜嫌いを聞いてから、私の作るおかずは変化した。昔、入院中にしてもらったように、ニンジンゼリーを作ったり、ハンバーグに細かく切った野菜を入れたりした。

結局、それらはすべて航汰の胃袋に収められたけれど。

「あ、ううん。なんでもない。どうぞどうぞ、フルーツをお召しあがりください」

私にバレていないと思ってるらしく、美亜は急ぎ足で自分の席に戻ってしまった。

今日のお弁当にも一品だけ緑黄色野菜を使った料理がある。料理名はフライドベジタブル。スパイスで味つけしたスティック状に切った野菜を、厚めの衣につけて揚《あ》げたものだが、揚げてみるとニンジンのオレンジ色だけは衣越しでも主張が激しかった。

視線を航汰のお弁当に戻す。

「フルーツ好きはいいと思うけど、どう見ても糖分過多」

「過多って？」

「多すぎるってこと。ほかに必要な栄養素も摂《と》れていなさそうだし」

果物は、一日200グラムが目安だと参考書には載っていた。

「でも、テレビでフルーツだけを食べて生きてる、って人が出てたよ。すごく健康だってさ」

「それは特殊なんじゃない？　前にも言ったけど、カルシウムを積極的に摂らないと。足の痛みは大丈夫なの？」

「ううん、それはまだだけど……」

フルーツサラダを口に運ぶ途中で航汰は手を止め、なにやら考えていたようだけど急に目を見開いて笑った。

「これならどう？　牛だって草ばかり食べてるに？」

方言丸出しの航汰に『子供か』と心でツッコんでおいた。

美亜の席をチラッと見た。フライドベジタブルを恐る恐るかじったあと、すぐに箸《はし》を置いてしまっている。

今回もダメだったか……。

私の面倒を見てくれているふたりが偏食というのも、学校側が仕組んだことなのかも。

そんな妄想を膨《ふく》らませながら席に戻った。

「ごくろうさん」

となりの席でナギが嫌みったらしく言った。本名は鈴木凪耶《すずきなぎや》。

不思議だけれどこのクラスには鈴木という苗字が四人もいる。初日から下の名前を覚えさせられた挙句《あげく》、通称で呼ぶことを強要してきた。

陸上部に所属しているナギは、県大会の元記録保持者らしい。なんの競技かは聞きそびれている。細身の体型を見ると、長距離かな……。

「あいつらふたりとも偏食大王だからな」

短い髪に鋭い眉《まゆ》。最初は強引で怖そうに見えたナギも、日がたつにつれ、ただのぶっきらぼうだとわかりはじめた。

「そういうナギもパンばっかりじゃん」

ナギはいつだってパンを食べている。それも総菜《そうざい》パンがほとんどで、甘いパンを好まない。

「俺はいいんだよ。朝晩はちゃんと食ってるし」

「そういう問題じゃなくて……。まあいいや」

自分のお弁当を食べてみる。

揚げたてはカラッとしていたのに、フライドベジタブルはサクサク感が消えていた。衣につけた味つけよりも野菜の味が強すぎる。これじゃあ残すはずか……。

美亜が席を立つと、航汰の席に忍び寄り、ササッとラップに包んだおかずを渡している。

映画に出てくるスパイみたいだ。

「トレード完了ってとこだな」

なんて言うナギに、ヘンな顔をしてしまった。

「明日こそはがんばってみせる」

「はは。楽しみにしてるわ」

むん、と気合いを入れてから気づく。だんだんと普段の私になれているんだって。

ううん、これまで以上に素の反応が増えている気がする。

短期間だから割り切れているのか、みんながそうさせてくれているのか。穏やかな気持ちが続いているのはたしかなことだった。

「ナギってさ、航汰と美亜と同じ学校だったんでしょ？」

「中学校から一緒だけど、美亜とは同じクラスになったことねえな」

「航汰って昔からフルーツばっかりなの？」

私の問いに、ナギはくしゃくしゃっとパンの包み紙を丸めた。

「俺が知り合ってからはずっとそうだな。中学は給食だったんだけど、特例でバナナ持参してたし。まあ、元々航汰は――」

言いかけたナギが、急に言葉を呑《の》み込んだ。

自分でもおかしいと思ったのか、

「色々あるんだよ」

とごまかしている。なんてわかりやすいごまかしかたなんだろう。

「なにか隠してるよね」

「知らねーよ。探偵さんは自分の足で情報を稼《かせ》ぐこと。なんでも教えてもらえると思ったら大間違い」

「……うう」

うなる私にニヤッと笑い、ナギは悠々《ゆうゆう》と教室を出ていった。

ナギはどこか亮に似ている。見た目は全然違うけれど、話しかたや調子に乗るところ、ボスタイプなところまでそっくり。

話をしてみると意外に私もポンポン言葉を返せている。

気持ちが消えた今なら、亮とも普通にしゃべることができる気がした。

香菜から電話がきたのは、夜の八時半をすぎたころだった。

出るのを躊躇《ちゅうちょ》したことなんて知らないで、香菜は学校のことをおもしろおかしく話した。

会話は続いてるのに上の空。それは香菜も同じように感じる。地球を周回する衛星のようにふわふわ漂っている感覚。地上に降りてきちんと向かい合うのが怖いんだ。

私が話したのは美亜のこと、そして航汰のこと。

『梨沙《りさ》にもついに恋のチャンスが?』

からかってくる香菜に、「やめてよ」と秒で答える。

「そういうのじゃないよ。だって航汰ってほんとズケズケ言ってくるんだもん。自分だってなにか隠してるくせにさ」

『自分のことはあとまわしにするくらい梨沙のことが聞きたいんだよ。恋ってそういうものだからさ』

やっぱり香菜と話をすると苦しくなる。恋の話なんてしないでほしい。

香菜は私の気持ちに気づいていたはず。それなのに、相談もなく亮と恋人同士になっていた。その事実は、これからもずっと変わらない。

『もっと梨沙は自分に自信を持ってほしいな』

「自信なんて持てないよ。……持てない」

いちばん仲がいいと思っていたのに。香菜はなにも言ってくれなかった。

そっか……私は怒っているのかもしれない。

離れることで自分の気持ちがやっとわかった気がする。

『またそんなこと言って。梨沙はかわいいんだからね』

「もういいよ」

『でもさ、好きな人ができたら教えてよね。気がついたらつき合ってたとかナシだからね』

「香菜みたいに？」

するりと出た言葉に、自分でも驚いてしまった。

気まずい沈黙を破ろうとしても、学校のときみたいにうまく言葉が出てきてくれない。

「それより、そっちも部活動発表があるんだよね？」

急カーブで話題を変えても『うん』とくぐもった返事のあと、香菜はおずおずと続けた。

『ねえ、梨沙。前から聞きたかったことがあるんだけど……』

「いい、やめて。聞きたくないし話したくない」

ギュッとスマホをにぎりしめてしまう。

『だって最近の梨沙、おかしいじゃん』

「おかしくなんかない。だから言わないで」

みんなが求める私のイメージを守ってきた。

本当の気持ちは口にできなくても、それで満足してくれてると思っていた。

なのに、香菜は言う。

『梨沙の考えていることがわからない。急に心を閉ざしたみたいに黙ることがあるじゃん』

胸になにかが込みあげてきた。

お腹に力を入れてこらえても、すごい勢いで喉元《のどもと》まできている。

「私だって香菜のことわからないよ。全然わからない」

しばらく香菜の息遣いだけが耳にとどいた。

『やっぱり亮とつきあったこと、気にしてるんだね？』

ため息と一緒に香菜が出した質問は事実のこと。

でも、亮を好きだったから、こんな気持ちになっているんじゃない。

香菜は私になにも言ってくれなかった。

香菜は私を信用してくれていなかった。

香菜は私を親友だとは思ってくれていなかった。

その事実が、悲しいんだよ。本当に言いたいことを言っても幸せにはなれない。

亮だけじゃなく、香菜まで失うのは悲しすぎる。

肺に息を吸い込み、「もう」と甘えた声を出した。

「香菜ってば、冗談通じなさすぎだよ」

同時に重い気持ちも一緒にふり払った。

「それじゃあ私が嫉妬《しっと》してるみたいじゃん。全然違うし」

『……でもさ』

「香菜の悪いクセ。考えすぎなの。いきなり電話してきてからんでくるから脅《おど》かしただけ。

ひょっとして酔っぱらってるの？」

冗談めかせると、やっと香菜の笑い声が耳にとどいた。

『自慢じゃないけど、法を破ったことなんてありません』

「ウソだー。学校帰りに渋谷《しぶや》寄ったって言ってたじゃん」

『それは校則違反なだけだもん』

これでいい。私たちはいつも楽しかったから。

本当の気持ちを口にして、ギクシャクするのは絶対に嫌だ。

電話を切る時に、まだぎこちなさは引っついてはいたけれど、それでもケンカ別れにならなくてよかったと思った。

それなのに、絨毯《じゅうたん》の上にスマホを置くと同時に、視界は涙でゆがんだ。

ふり払ったはずの悲しみはグラムを増してのしかかってくるみたい。

「う……」

こらえきれず声を出してしまう。鼻水と涙が止まらなくなる。

あんなこと言うんじゃなかった。考えていることがわからない、なんて、冷静になると、言われて当然のことだってわかる。

なんでも話せていた友達に、なんにも話せなくなったのは事実だから。

これまでは、そうすることでうまくいくって信じていた。今はそんな自分が悲しくて腹立たしくて情けない。鼻水を啜《すす》りながら一階へおりた。おじさんは出張中で、おばさんは風邪《かぜ》気味らしく今朝から寝込んでいる。

暗いリビングのソファに腰をおろした。窓の外に目をやっても暗闇に覆《おお》われている。

ふと、階段をおりてくる足音がした。

「おっす」

パジャマ姿の美亜は、そう言うと冷蔵庫から麦茶を取り出した。

「飲む？」

「ううん、大丈夫」

「そう」と言うと、美亜はビールみたいに麦茶を一気飲みした。

「プハー。この一杯がたまらんねえ」

「おじさんみたいなこと言ってる」

「あ、まだシュークリーム残ってる。食べていい？」

「右のお皿のやつは食べてもいいよ」

おばさんのリクエストでシュークリームを作ったのだ。

シュー生地が膨《ふく》らむか不安だったけれど一回で成功した。中身は卵を多めに使ったカスタードクリーム。時間短縮でレンジで作ったけれど、満足いく仕上がりだ。

「左のタッパーに入ってるのは？」

「ああ、それは……航汰がフルーツ好きだって言うから、ミカンのシュークリームを作ってみたの」

「あたしは普通のがいいや」

クスクス笑う私の横に美亜はどすんと座り、窓の外を指さした。

「今日は新月だから真っ暗だね」

「新月？」

「太陽の位置との関係で、月が見えにくい状態のこと。明日から少しずつ満ちていくんだよ」

「詳しいんだね」

素直に感心する私をチラッと見てから、美亜はソファにもたれた。洗いたての髪のにおいがふわりと香った。もぐもぐとすごい早さでシュークリームを食べ終わると、

「べつに言わなくていいから」

美亜はそう言った。

「え？」

ソファの上で膝を抱えると、美亜は顔だけをこっちに向けた。

「悩みごととか、あったこととか、べつに無理して言わなくていいからね」

「あ……電話聞こえちゃった？」

「うちの壁のうすさをあなどっちゃいけないよ。まあ、詳しくは聞こえなかったけど、友達ともめてるのかな、って」

なんと答えていいのかわからない私に、美亜は「んー」と首をひねった。

「ほんとのことを言うと、なんでも話してほしいとも思うよ。けど、あたしだってまだ梨沙に全部話してるか、って言われるとそうでもないし。そもそも、ふたりっきりで話をする機会も少なかったもんね」

「……うん」

「あたしもさ」と、美亜が私の肩に頭をのせた。

「親からは『反抗期』って言われてる」

「美亜が？」

すごく仲良しに見えるのに。驚く私に美亜は「でしょ」と同意を求めてきた。

「梨沙が来るまでは毎日毎日ケンカばっかりだったんだよ。今は、休戦してる感じ」

「そんなふうには見えなかった」

言われてみると、おばさんが受験のことを口にした時に、聞こえる距離だったのに美亜が鼻歌をうたってリビングを出ていったことはあった。

「前から思ってたことがあるんだけど聞いてくれる？」

　美亜の問いにうなずく。

「あたしたちの年代って『反抗期』『年ごろ』って言葉でひとくくりにされるでしょう？　でも、それは違うって思う。だってその名前をつけたのは、大人たちだもん。本当はもっと複雑なのに、名前をつけることで、ひとつの症状として片づけようとしてるんだよ」

　耳のそばで聞く美亜の声は丸くてやわらかくて、だけど憤《いきどお》りの感情も含まれている。

「あたしたちの年代に共通しているのは、世の中をいろいろと知っていくこと。知れば知るほど、口を開くのが怖くなっていき、やがて怒りや悲しみに成長していってしまう。そうならないように、無意識に見えない壁を作って自分を守っている、みたいな感じ」

「美亜の言ってることすごくわかるよ」

「ほんと？」

　肩から離れた美亜が、至近距離でうれしそうに笑った。

　透明の壁のなかにいると安心はできても、身動きは取れないし、呼吸だってしにくい。美亜もきっと毎日そんな気分だったんだ……。

　ここまで話をしてくれた美亜に、私も悩みを打ち明けたい。そう思えたのは自然なことだった。

「私ね、昔から雰囲気《ふんいき》を壊さないように自分を演じてしまうの。なのに、本当に言いたいことだけは口にできないの」

「本当に言いたいこと？」

「自分の希望よりも、まわりの感情を優先させちゃうんだろうね。自分の意見じゃないことを口にすることだってある。あと、自分が願うことは叶わないって思ってる。ううん、思ってるんじゃなくて、叶わないと知っているの」

「それっていつから？」

美亜はそう尋ねると、ソファから立ちあがった。

「子供のころから。もう覚えていないくらい昔からなの。体に染みついているというか、呪いにかけられている感じ」

瑞樹君に本当の気持ちを伝えなかった罰は、私から本音をうばった。あの日から私はあきらめたような毎日をすごしている。

「ねえ梨沙。あたしは梨沙のことをもっと知りたい」

「私も、美亜のことを――」

「よし」

話を聞き終わらないうちに美亜は立ちあがると、ソファの横に丸めてあったブランケットを手にした。足元にあるローテーブルを壁の隅に寄せ、空いたスペースにごろんと横になる美亜が、ポンポンととなりのスペースをたたいた。

「ここで横になって話をしようよ」

導かれるように横になると、美亜はブランケットをかぶせてくれた。フローリングに肌が触れる箇所《かしょ》が冷たい。真っ黒い天井にうっすら蛍光灯の丸い円が見えた。

「ひんやりしてて気持ちいいね」

まるで宇宙に放り出されたみたい。

目を閉じると、美亜は「だね」と言った。

「今夜は時間がないからひとつずつ、子供のころの思い出を話そう」

「わかった」

なんだかワクワクする。小学校の修学旅行で遅くまで友達と話をしたことを覚えている。

でも、あの時も私はまわりの子たちの意見に合わせていたっけ……。

「どんなヘンなことでも恥ずかしがらずに話をしよう。それがルールだよ、わかった?」

「うん」とうなずくと、美亜は顔だけこっちに向けてほほ笑んだ。

「じゃあ、まずはあたしからね。あたしの家って元々は、同じ市内でも天竜区《てんりゅうく》ってところに住んでたの。といっても覚えているのは、山がたくさんあったことと、年に一度『雪まつり』があったことくらい。で、小学校二年生の時にこの家に越してきたわけ」

「そうだったんだ」

「二年生といっても、家の完成が遅れちゃってさあ、二学期がはじまってしばらくしてやっとこっちの小学校に転入できたの。あの疎外感《そがいかん》は今でも覚えてる。しばらくはひとりぼっちだったもん」

そんな心細い出だしは厳しすぎる。

「大変だったね」

と言う私に、美亜は大きくうなずいた。

「でも、向かいに航汰がいるじゃん。たまたま同じクラスでさ、すぐに仲良くなってクラスでも打ち解けることができたんだ」

「航汰って昔からやさしかったんだね」

暗い部屋で美亜の表情はさっきより翳《かげ》っている。少しさみしそうに見えたのは気のせいだろうか。

「ってことで、あたしの第一話は終わり。次は梨沙の番だよ」

「あ、うん」

天井を見た。

子供のころの話といえば、すぐに瑞樹君のことを思い出す。

誰かに話すことで、またトラウマに縛《しば》られる気がして怖かった。

でも、同じ透明な壁を築いていた美亜には、話したいと思えたから。

「すごく昔、仲がよかった男の子がいるの。おかしな話だけど、魂で結ばれているような気がしてた。なんでも話せて、なんでもわかり合えた。『ずっと一緒にいたい』って毎日神様にお願いした。でも、突然その子とは離れ離れになってしまったの」

美亜は黙って聞いてくれている。不思議と息苦しさはなく、溜め込んでいた気持ちが、簡単にこぼれていく。

「自分が信じていた世界が消えてしまう気がした。その子のせいじゃないのに、『嫌い』ってウソをついた。それが最後になるって知ってたら言わなかったのに……」

あの日、瑞樹君はどんな顔をしていたのだろう。あれ以来、親にもその名前を出せなくなった。昔の思い出話は苦手だと、幼少期の話は避けるようになった。

「もう顔も思い出せないのに、十年以上たった今も、ずっと後悔《こうかい》しているの。きっとそれが原因で、気持ちを伝えられなくなったんだと思う」

ふと、指先になにかが触れた。すぐに美亜が手をにぎってくれているとわかった。

「そんなことがあったんだね」

泣くかな、と思ったけれどスッキリした気持ちが勝っているのが不思議。

「梨沙が話をしてくれて本当にうれしい。ありがとう」

ありがとう……。そっか、自分の本当の気持ちを話すことで救われることもあるんだ。

そう考えると、私は香菜になんにも話せていなかった。

自分のことを話さない人に、香菜だって正直にはなれないよね……。

裏切られた気がしていたけれど、先にウソをついたのは私のほうだったのかもしれない。

美亜がギュッともう一度手をにぎってから起きあがった。

「これにて第一話は終了ね。さ、それでは立ってください」

「え、どうしたの？」

私の問いに答えず、美亜はスマホを取り出すと、どこかへ電話をかけはじめる。

「もしもし。そう、うん。今から五分以内に来て。インターフォンは鳴らさないでよ」

言うだけ言って通話を終えると、いたずらっぽい目を向けてきた。

「梨沙も出かける準備をすること。タイムリミットは五分だよ。用意ドン！」

「待って。それってどういう……」

「時間に間に合ったら教えてあげる。ほら、急いで！　時間はあと四分五十二秒、五十一秒、五十秒──」

カウントダウンをはじめる美亜に、追われるように部屋へ行き着替えをする。

半袖《はんそで》のパーカーとジーンズを着て一階へ戻ると、美亜は玄関にいた。

「どこかへでかけるの？」

「そうだよ」

当たり前のように言うけれど、美亜はまだパジャマ姿のままだ。

戸惑う私に、美亜が指を二本立てた。

「これから第二話がはじまるんだよ」

「第二話ってなんのこと？」

「じつは、さっき梨沙が泣いているときさ、あたしも電話で文化祭の打ち合わせをしてたの。『梨沙が泣いてるみたい』って言ったら、電話の相手、ものすっごく心配してた」

それって、ひょっとして……。

ぽかんとする私に美亜がうなずく。

「航汰だよ。あいつ、一階でしゃべってるときもバンバン電話してきてたみたい。不在着信がすごい数で残ってる。第二話は航汰と一緒に行ってもらおうかな、って。ほら、ドアを開けて」

言われるがまま玄関のドアを開けると、道路の向こうから航汰がかけてくるのが外灯に浮かびあがった。

背中を押され、外に出るとむわんとした暑さがまだ残っていた。

「美亜は？」

「あたしはこの格好だから行かない。虫入るから閉めるね」

美亜はにっこり笑ったまま目の前でバタンとドアを閉めた。

地面を蹴《け》る音が近づくとともに、胸が急にドキドキしだしている。

こんな展開、予想してなかったし、航汰にまで泣いていたことがバレたのも恥ずかしかった。

「梨沙」

「あ、うん。なんか……ごめんね」

上下黒いジャージのせいで、航汰が闇に溶けているみたい。

お風呂に入ったのだろう、髪が雨に降られたように濡れている。

航汰は私の顔をひょいと覗《のぞ》き込んでから、大きくうなずいた。

「やっぱり元気がないみたい。じゃあ、パワーをもらいに行こうか」

そう言うと、航汰は元来た道を引き返していく。

あわててついていきながらどこへ行くか尋ねても、航汰は「内緒」としか答えない。

ふたりの足音だけが夜に響いている。長い坂を下りながら空を見ても、やっぱり月は見つからなかった。

夜の浜名湖《はまなこ》に来たのは初めてのことだった。

辺りは暗く、まわりには数本の街灯が光っているだけ。懐中電灯の光がないとすぐに転んでしまいそう。

「ここからおりるんだよ。足元気をつけて」

航汰の懐中電灯が照らすのは、コンクリートの堤防が途切れた箇所《かしょ》。というか、くずれてしまったように見える。先には土手っぽい土と岩が見えていて、とても進む勇気なんて出ない。

やはり強引にでも美亜を連れてくるべきだった。

「つかまって」

先に降りた航汰が手を差し出した。

「ねえ、本当に行くの？　怖いんだけど……」

「大丈夫。一応、土を固めた階段があるし、数段で砂浜に降りられるから」

「そういうことじゃなくってさ……。わかった。絶対に離さないでよね」

ふいに、頭のなかで幼い自分の声がした。

『絶対に離さないでね』

あれは……幼稚園のすべり台。今思えば、たいした高さでもないのに、当時の私は階段を上るのが怖かった。瑞樹君はいつも一緒に上ってくれたっけ……。

「おーい」

声とともに懐中電灯の光がくるくるまわっている。

「あ、ごめん」

久しぶりに蘇《よみがえ》る新しい記憶に、ぼんやりしていたみたい。手を伸ばすと、華奢《きやしや》だと思っていた手はゴツゴツしていて力強かった。

ふと、知り合って間もない男子とふたりきりであることに気づき、今さらながら緊張が走る。手が汗ばんでしまいそうで、意識しないようにして階段を降りた。

すぐに砂浜に降り立つが、イメージと違い縦も横も広くない。

懐中電灯で照らしてみると、砂幅二十メートルもなく、海までの距離は多く見て三メートルほど。

「なんか、臨時で作った砂浜みたいだね」

「浜名湖にはこういう砂浜がたくさんあるんだよ。ここは地元の人しか来ないけどね」

水際に近づくけれどほとんど波は立っておらず、気持ち程度に水面が揺れているだけ。やっと見つけた細すぎる月は、わずかに奥の水面をほのかに照らしている。

「座ってみて」

先に座った航汰から、少し距離を取って腰をおろした。航汰が懐中電灯を消し、私もそれに倣《なら》った。

すぐに上空の光に気づいた。広い空にたくさんの星が光っていたのだ。

「うわ、星がすごい」

そう言う私に、航汰はブッと噴き出した。

「それは言いすぎ。意外に見える、ってくらいのレベルだし」

「東京と比べたら全然違うよ」

普段は空を見あげてもほとんど星なんて見えない。たしかに、写真とかで見る満天の星空とまではいかないけれど、たくさんの星が輝いている。

光る強さが違うので、一枚の絵のように思えていた空が立体的に感じられた。

「ここに住んでいる人は、浜名湖も海も星も見られるんだね」

うらやましいな。

家の近くにこんなに癒《いや》しスポットがあるからこそ、穏やかな人が多いのかもしれない。

「俺も最初はよろこんで毎日のように見てたけど、意外に住んでみると見ないもんだよ。そばにあるって思うと、いつもの風景みたいになっちゃうんだろうね」

星の光だけでは航汰の表情がよく見えない。航汰がスマホを取り出し、画面を確認した。

「美亜からだ」とスピーカーホンにした。

『もしもし、今どこにいるの？』

「パワースポットに来たところ」

『浜名湖ね、了解。一応保護者として言っておくけど、梨沙に触れたりしたら死刑だからね』

さっき手をにぎったとは言えないのだろう、航汰が「わかってるって」と焦り気味で答えた。

『梨沙がさっき泣いてた理由については追求しないこと。航汰ってそういう空気読めないから、気をつけてよね』

スピーカーホンにしているとは知らないのだろう、美亜の言葉に胸が熱くなった。

「わかってるって。もう切るから」

『三十分以内に戻ってきて。守れなかったらおばさんにチクるからね。じゃあね』

プツンという音とともに通話は一方的に切られた。

「んだよ、あいつ」

ブツブツ言うと航汰に笑ってしまう。本当にふたりはいいコンビだな……。

耳を澄ますと、かすかに波の音が聞こえた。

まるで音楽みたいに心地よく耳にとどいてくる。

「それにしても、梨沙が来てからもうすぐ一カ月たつんだなあ」

感慨《かんがい》深げに航汰が言った。

「ほんと、あっという間にすぎてる感じがする」

最初は嫌で仕方がなかったのに、ここにいることで東京での生活を客観的に見ることができた。香菜にも悪いことをした。もっと話をすればよかったし、聞けばよかったんだ。

「最初の頃、航汰にひどいことを言ったよね」

「なんだっけ、忘れた」

とぼける彼はやさしい。

砂浜に指で線を描きながら「あのね」と続ける。

「親友がいるの。香菜、って名前の子ですごく仲がよくってね」

なにも答えない航汰。自己主張の多い人たちに囲まれてきたせいで、航汰にしても美亜にしても、話をじっと聞いてくれることが新鮮に感じる。

「香菜にはおさななじみの亮って子がいて。私、片想いをしてたんだよ。そのことを香菜に相談できなかったの。ある日、急に亮への気持ちが風邪《かぜ》みたいに消えたのを知った。でもね、同じ日に香菜に『亮とつき合うことになった』って言われたの」

「……マジ?」

航汰の声のトーンが低くなった。

「あ、違うの。私は全然そういう気持ちはなくなってたんだけど……」

どう伝えればいいのかわからない。香菜を悪く言いたくないし、亮のことも一方的に好きになったわけだし。

「梨沙がどう思ったか、そのまま言えばいいんだよ」

航汰はまるで私の気持ちを読んだかのように、そう言った。

「……気持ち」

「ここでは浜名湖しか聞いてないから、大丈夫」

「航汰がいるじゃん」

「たしかに」

わずかにする潮の香りに目を閉じてから口を開いた。

「さっき泣いてたのは、自分が悪いって気づいたから。香菜は待っていてくれてたのに、亮への気持ちを口にできなかった。親友なのに、なんでも話せてなかったのは私のほうだった。そう気づいたら情けなくなっ――」

「ちょっと待って！」

急に立ちあがった航汰に、驚きで固まってしまう。

「そんなことないいて。香菜って子がずるいんだよ。梨沙は悪くないいて」

まるで海に向かって叫んでいるみたい。

「落ち着いてよ。そもそも自分が変わらないといけなかったの」

あの日、私は香菜に祝福の言葉をかけた。

ウソの祝福に、香菜は気づいていたに決まっている。

「自分だけ反省するのはヘンだら。心の傷はずっとずっと残るんやて。梨沙はそんなに卑《ひ》下《げ》しなくていいいて」

「あの……」

「やっきりこくわ。梨沙は東京にいずようがなくなって、来たわけだら？　香菜と亮をちみくってけっからしてやりたいわ」

砂地をバンと足で踏む航汰に、なぜだろう涙があふれそうになった。

事情も知らないのに、航汰はかばってくれている。

なおさら、航汰に『事情も知らないくせに』と言ってしまった言葉が悔《く》やまれた。

「落ち着いてよ」ジャージの裾《すそ》を引っ張って座らせた。

「もう大丈夫なの。私にも悪いところはたしかにあったの」

肩で荒く息をする航汰。

私の頬《ほお》にはもう涙がこぼれていたけれど、夜の闇が隠してくれている。

「そもそも方言がすごすぎて、なにを言ってるのかわからなかったよ」

「え、マジ？　方言？」

きょとんとする航汰に、今度こそ大笑いしてしまう。

そんな私を見て、航汰もゲラゲラ笑った。

ひとしきり笑ったあと、そうだと思い出す。

懐中電灯をつけ、持ってきたタッパーごと航汰に渡した。

「デザート作ったの。食べてみる？」

「え、マジで？　めっちゃ食べる」

日本語がおかしいことにも気づかない航汰は、待ちきれないのか手の砂を急いで払うとタッパーを開けた。

「あ、これミカンが載ってる。三ヶ日《みっかび》みかんシュークリーム？」

「三ヶ日みかん？　ああ、自己紹介するときにも言ってたよね？」

「そうそう。三ヶ日でとれるミカンのことなんだ」

「これは普通のミカンだよ。まだ時期が早めだけど、使ってみたの。生クリームもミカン味になってる」

いただきます、と言ってから航汰は半分近くほおばった。

懐中電灯の光でオレンジ色に照らされた横顔が、すぐに少年みたいな笑顔になった。

「うまい。これはすごい。店で出してもいいレベルだよ。酸味があるのがいいね」

ふんふん、とうなずく航汰は、あっという間に食べ終わり、指先まで舐《な》めだしている。

「もう一個のは？」

「それは航汰用のシュークリームで……」

説明する前からかぶりついてしまった。すぐに「うまい！」と叫ぶ航汰が目を丸くした。

「これはなんのフルーツが入ってるの？」

「ごめん、フルーツは入れてないの。なにが入ってると思う？」

まじまじとシュークリームを目に近づけてから、味わうように航汰は食べて首をひねった。

「なんだろう。上にゴマみたいなのがかかってる。中身は……サツマイモとか？　わかんない、教えて」

「ゴマは大正解。じつは、生地にエビを混ぜ込んでるの。あとクリームにはサクラエビが入ってる。今は暗くて見えないけどキレイなピンク色なんだよ」

きょとんとした航汰が懐中電灯で照らすけれど、夜のなかではさっきと差がないように見えた。

「どうして俺用のやつがエビなの？」

「ほら、足首が痛いって言ってたから。エビとかゴマだけじゃなく、生地を作る時に使うベーキングパウダーも含めて、カルシウムが多い食材を使ったんだ。題して『シュリンクリーム』」

「シュリン……。おお!!　エビが英語でシュリンプだから!?」

「大正解」

「やった！　いや、マジでこれ最高。ありがとうな」

両手を上にあげて歓喜している航汰を見ていると、なぜかまた瑞樹君を思い出した。

瑞樹君もこんなふうによろこぶ時の表現がストレートだったっけ……。

あっという間に食べ終わると、航汰は満足げにごろんと横になった。

あ、まただ……。星を読む航汰の口元には笑みが浮かんでいるのに、瞳に悲しみが宿っているように見えた。ひとつ息を吐くと、航汰は静かに目を閉じた。

「ナギがさ、謝ってきてさ」

「え？」

意外な名前が出てきて驚く。

「『村上《むらかみ》探偵の調査に思わず昔のこと言いかけた』って」

「あ、うん。昔の話はしたけど、調査したわけじゃないよ」

「わかってる」

ふふと笑った航汰が、「俺さ」と目を閉じたまま続けた。

「前は陸上部にいたんだ」

ゆっくり目を開いた航汰の顔が私に向く。

瞳のなかに、銀河にも負けないほどの深い悲しみが広がっている。

『いたんだ』ということは、もう辞めてしまったということ。

「小学校の時から長距離ばっか走ってた。これでも中学時代は記録を出したりもしたんだよ。まあ、すぐナギに抜かれちゃったけどさ」

「うん」

「今の高校でも陸上部に入ってさ。でも結局辞めることになった」

質問したいことはたくさんある。でも、今は口をはさまず航汰の気持ちを聞きたかった。

航汰は視線を海に逃がしてから、静かに目を閉じた。

「去年の冬休み、ケガをしたんだ」

「ケガ……」

「大きな事故があってね。駅前の電話ボックスに軽自動車が突っ込んでさ、中学生の女の子が亡くなったんだよ。俺は、たまたま近くにいて車に足をはさまれた。本当に一瞬の出来事だった」

航汰と目が合った。

こんな話なのに、航汰の表情は穏やかだった。

「亡くなった人のことを思えば、俺は幸運だったたと思う」

「……それが原因で陸上を辞めたの？」

軽くうなずいたあと、寝そべったまま自分の左足首あたりを指さした。

「打撲《だぼく》とじん帯損傷、あとはガラスによる切り傷。後遺症はないという話だったんだ。でも、リハビリをしててわかった。長距離はもう走れないって」

なにかをふり払うように航汰が首をブンブンと横にふった。

「こういう雰囲気《ふんいき》になるのが嫌なんだよ。よほどの運動量じゃない限り、日常生活は問題ないし体育だって参加できる。生きているだけでよかったって思ってるのは本当だから」

「航汰が大学に行かないって言ったのは、それが原因なの？」

「まあね。スポーツ推薦《すいせん》を狙ってたから仕方ない」

そうだったんだ……。

なにも言えない私に、航汰はため息をひとつ夜に溶かした。

「梨沙にさ、なんでも話せって言ったけど、話してないのは俺のほうだった」

「いいよ、そんなの全然いい」

悲しみを知っている人ほど人にやさしい。そんなの迷信だと思っていた。私が人にやさしくできるのは、もう傷つきたくないという気持ちだけ。そこにやさしさなんてない。

でも、航汰は違う。

こんなに悲しい目になってもなお、私にやさしくしてくれている。

感じたことがないくらい胸が苦しくなっている。

意識して深呼吸をしていると、航汰が「そうだ」と明るい声で言った。

「シュークリームのお礼って言うと大げさだけど、ひとつ教えてあげる」

月の光がさっきよりも強く、航汰の顔に降り注いでいる。

「フルーツワード」

「フルーツ……果物言葉？」

どこかで聞いたことがある気がした。

いつのことかは思い出せず首を横にふると、航汰は人差し指を一本立てた。

「フルーツワードは花言葉みたいなもの。それを食べた人へのメッセージなんだ」

花言葉は聞いたことがある。諸説あるけど、すべての花にあるそうだ。イメージ的には『純愛』とか『無垢《むく》』『旅立ち』みたいな言葉がつけられていた気がする。

「さっき食べたミカンのフルーツワードは『元気』だよ」

「それは作った私へのメッセージになるの？　それとも、食べた航汰へのメッセージ？」

航汰はしばらく考えていたけれど、ニッと笑った。

「じゃあ、両方へのメッセージにしよう」

あまりにも短絡的な結論に驚いてしまう。

「しよう、って、そんなに勝手に決めていいの？」

「いいんだよ。だって、フルーツワードのメッセージは俺が考えてつけてるから」

「航汰がつけてる……どういうこと？」

冗談かと思った。

「そのまんまの意味。俺がフルーツワードの考案者なんだ。あ、正確にはもうひとりいるけど……。つまり、食べた人が幸せな気持ちになれるのがフルーツワード。マイナスな言葉は一切入れてないんだ」

「それって意味があるの？」

「あるよ」

ガバッと上半身を起こすと、航汰は真剣な口調で言った。

「花言葉にしても花占いにしても、あまりよくない言葉が含まれていたりするんだよ。普通の占いだってそうだろ？　『あなたは来月から苦しい時期に入ります。でも、来年からは上り調子です』とか言うじゃん」

「ああ、それわかる。来年の話されても、その前に来る時期が心配になっちゃうもん」

「俺はフルーツを食べた人に幸せになってほしいから」

自慢げにあごをあげた航汰に、また胸がドキッとした。

きっと、このシチュエーションが勘違いさせているんだ。

落ち着け、と自分に言い聞かせていると、航汰が急に勢いよく立ちあがった。

「ヤバい！　もう三十分すぎちゃう。美亜に殺されるよ」

たしかにそろそろ時間だけど、焦る航汰がおもしろくて笑ってしまう。

これだけ怖がっているってことは、よほど美亜は怖いのだろう。

元来た道まで戻ると、航汰は先に歩き出した。うしろ姿を見ながら歩く帰り道。

さっきよりも月が近くに見えている。

さっきよりも航汰を近くに感じている。


この学校では、十月最後の週に文化祭がおこなわれるらしい。

私の通う本当の高校に文化祭はなく、代わりに『部活動発表会』がおこなわれる。

部活に入っていない私は見るだけなので気楽だ。

が、この学校の文化祭は丸二日かけて行われ、一日目は部活動や有志による発表が体育館や校庭で開催されるそうだ。二日目は教室ごとの模擬店《もぎてん》が出店され、たくさんの生徒や家族、一般の人まで来場するとのこと。

つまり相当な規模での開催となるそうだ。

となれば、このクラスの出店を決める会議は難航するわけで……。

「おいおいおいおいおいおい」

場を鎮めるべく『おい』をくり返してから、熊谷《くまがや》先生はクマのように大きな手で黒板をバンとたたいた。

「こんな出し物でほかのクラスに勝てると思ってんのか。もっとマシな意見出せよな」

黒板に書かれた候補は、『お化け屋敷』『おでん屋』『焼きそば屋』といった顔ぶれ。

「でも先生」と、クラスメイトが手をあげる。

「おでんは『静岡おでん』だし、やきそばは『富士宮《ふじのみや》焼きそば』ですよ」

「ぬるい」

丸太のような腕を組み熊谷先生は、その生徒に顔を近づけた。

「毎年そのふたつを出す店はあるが、地元の人が来てわざわざ食べたいと思うか?」

「でも富士宮焼きそばは、このあたりではあまり食べられないし……」

気迫に負けるように、声がどんどん小さくなっている。

「そもそも、ほかのクラスとかぶったら抽選になるんだぞ」

言い切ったあと、先生は教壇《きょうだん》に立つ美亜とナギに目をやった。

「やるからには、圧倒的一番人気を取るくらいのものをやれ」

教師にとっても負けられない戦いらしく熱が入っている。

美亜とナギは文化祭の実行委員だ。ふたりとも『押しつけられた』と文句を言っていたが。

「ほかに案はありませんか?」

美亜がみんなを見渡すけれど、誰ももう口を開かない。

九月もあと少しで終わりを迎える。私がこの学校にいるのは十月末までだから、ギリギリ文化祭には参加できるんだな。

不思議と、さみしい気持ちが生まれていた。

来たときは嫌で仕方なかったのに、穏やかな人たちに囲まれているせいか、心地よさを感じている。ううん、それだけじゃない。

香菜と亮が恋人同士という事実を目《ま》の当たりにするのが怖いんだ……。

息をついてから顔をあげると、なぜかナギがこっちを見ている。ふと、ナギがなにか思いついたように表情を明るくした。

……嫌な予感。

「そういえば、村上って料理が得意じゃなかったっけ？　将来もそっち方面に進むんだら？」

ナギの問いに、みんなの視線がバッとこっちに向いた。

「あ、違う。違う、って言うか、はっきりとは決めてなくて……」

「でも料理に詳しいだら。見習いシェフの村上が監修したレストランとかはどう？」

おお、と肯定のどよめきが生まれるのを聞いて、マズいと焦りだす。

これじゃあ成功も失敗も私に懸《か》かってきてしまう。

「村上が料理を作って説明をすれば、来た人もよろこぶて。なんならレシピもプレゼントするとかすれば人気間違いなしだら」

遠州弁《えんしゅうべん》でプレゼンするナギに、ちらほら拍手が起きている。

かなりマズい流れができてきている。

本当は言いたい。『料理関係の仕事に就《つ》くと決めているわけじゃない』って。

でも、なにも言えないまま肩の力を抜く。

交換留学に来て、少しは変わった気がしていたけれど、そうじゃなかった。

結局、私は元のままなんだ……。

「それはダメだよ」

美亜が拍手を止めた。

「なんで？」

「梨沙は交換留学生なんだよ。文化祭は最後に控えた大きなイベントだから楽しんでもらいたいの。交換留学の担当者としては認められません」

「じゃあ、ほかになんか案があるのかよ」

「ないけどダメ」

言い合うふたりをよそに、クラスメイトは盛りあがりを見せている。

「これで優勝だな」「ダイエットに効く食事とか？」「カフェとかもいいだら」

すでに私がやることが決定事項のように話し出すみんなに、大きな波に乗せられた感覚が襲ってくる。なしくずし的に私がやる流れになってしまいそう。

熊谷先生を見ると、ふむふむと何度もうなずいているではないか。

「あの、私……」

そう言っても誰も聞いてくれない。どうしよう。どうすればいいのだろう……。

ガタッと椅子《いす》を引く音が、教室に行き交う音量を下げた。

「案があるんだけど」

見ると、航汰がまっすぐに立っていた。

美亜が「どうぞ」と言うと、航汰は話し出す。

「文化祭は秋だよね？　秋と言えば俺はフルーツを連想するんだよ」

「航汰がフルーツを連想すんのはいつものことやて」

ナギのツッコミにわっとクラスが沸く。航汰も同じように笑ってから「で」と続けた。

「みんな最近ってフルーツパークに行ってる？　秋になれば梨にリンゴにイチジク、それに三ヶ日みかんだって出てくる。秋が旬《しゅん》のフルーツってたくさんあるんだよ」

学校から二駅ほど離れたところにある果樹園は、熊谷先生の授業でも取りあげられていた。フルーツパークは果樹園のある施設で、季節により様々なフルーツの収穫《しゅうかく》体験ができ、冬場はイチゴ狩りなどもしているそうだ。ほかにもレストランやステージ、キャンプサイトやバーベキューガーデンに加え、恐竜の展示まであるとか。

私はまだ行ったことがないし、予定すらない。

航汰はクラスをぐるりと見渡した。

「フルーツがメインのお菓子屋さんなんてどう？　実際に作るのは料理が得意な子にして、梨沙にはメニューを考えてもらうんだ。販売はほかのメンツにすれば平等じゃない？」

航汰と目が合うと、少し目を細めて合図をしてくれた。

私をかばってくれたんだ……。

「梨沙はどう思う？」

美亜の声に、航汰から視線を外した。

こういう場面ではいつもうまく話せなくなる。

自分の本当の気持ちや願いを口にしてしまうのが怖い。

なのに今は違った。その場で立ちあがると同時に口を開いていた。

「レストラン……」

声が小さいことに気づき、すうと息を吸い込んだ。

「レストランの案もいいと思うけど、その場で調理する必要があるので時間がかかります。教室では凝《こ》った調理はできないので、調理室との往復がメインとなります。つまり、ひとつのオーダーにかかる手間も大きくなりますよね。話題性では優れているかもしれませんが、数をこなせないので売上げは期待できません」

「それは困る」

と、熊谷先生が不満を示した。航汰と目が合うと、もう一度うなずいてくれた。少し硬くなっていた自分に気づき、肩の力を抜いてからもう一度口を開く。

「航汰の出した案はいいと思う。前日に下ごしらえをしておけるメニューが多くなれば、手間も最低限ですむし。テイクアウト専門店にすれば、数もこなせるんじゃないかな」

おお、と拍手が起きるが、熊谷先生はもう一押し望むようにじっとこっちを見てくる。

「レシピだけじゃなく、私も料理を手伝います。SNS映えするような商品を作れば話題になるかも」

今度はさっきよりも大きな拍手が起きた。熊谷先生も満足そうに黒板に記録していく。

こんなに長く自分の意見を口にしたのは久しぶり。

航汰が助けてくれたから勇気が出たんだ……。

女子のひとりが、「いいじゃん」と私を見た。

「梨沙が作ってくれるなら私も料理手伝うよ。梨沙って、毎日美亜のぶんもお弁当作ってるんだよね？」

ほかの女子が「いいなあ」と言った。

「あれ、毎日すごく美味《おい》しそうなんだもん。素人目《しろうとめ》にも、栄養バランスを考えてるってわかるし」

「でも、美亜は嫌いな野菜だけは、どんなに工夫《くふう》しても食べてくれないけどね。毎回、航汰にこっそりあげにいってる」

どっと波のように笑いが起きた。

「やっぱバレてたか」

美亜がヘンな顔をするので、ますます笑いが大きくなる。

「うちのクラスの出店は、デザート専門店で決まりだな」

熊谷先生が決定の宣言をし、教室は拍手に包まれた。

「では」と熊谷先生が声を出した。

「今の話をまとめると、レシピ担当リーダーは村上と日比谷《ひびや》でいいな？」

「え……？」

私と航汰のふたりで？　航汰は調理担当じゃ……？

ナギが黒板に私たちの名前を大きく書いた。

──村上梨沙　日比谷航汰

「残りは調理を担当する人、販売する人、看板やちらしを作る人などかな。司会者は残りの時間で担当を決めてくれ」

「わかりました。それじゃあ調理をやりたい人は？」

女子の何人かが我先にと手をあげる。そこからはいろんな声が飛び交った。

航汰と目が合う。目をカーブさせてほほ笑んでくれた。私も同じように笑みを返す。

クラスの一員になれたような気がしてうれしかった。

だから、航汰から『今度の日曜日にさ、フルーツパークに下見に行こうよ』と言われた時も、笑顔でうなずいた。

彼は太陽みたいにうれしそうに顔を輝かせていた。

ふたりで交わす約束がうれしくて、恥ずかしくて、切なかった。

私はひょっとしたら航汰のことを……。

浮かんだ感情を無理やり押し込めて、平気なフリで笑い返す。

それでも、胸はたしかに痛かった。

4　恋に似ている

土曜日の三ヶ日駅《みっかびえき》は、生徒の姿もなく閑散《かんさん》としていた。

十月になり一気に秋色を濃くしたホームでは、『味覚の旅』と書かれたポスターが雨に濡れている。

午後一時五十五分になるのを確認して、駅舎内にあるグラニーズバーガーのドアを開けた。

右手にはカウンターキッチンがあり、窓側にはふたりがけのテーブルが整列していた。奥には四人で座れるテーブルがいくつかある。木目調の店内には、ラジオが流れていた。

昼すぎというのに店内は満席だった。

「お、梨沙《りさ》」

ガラスの向こうにある厨房《ちゅうぼう》に航汰《こうた》がいた。つばのついた茶色い帽子に同じ色のエプロンをしている。普段と違う格好に胸が鼓動を速くするのがわかる。

もう、最近はこんなのばっかりだ……。

「あ……どうも」

ちゃんと接したいのにそっけなくしてしまうのも、この頃の傾向。

レジの前まで来た航汰が両手をパチンと合わせた。

「ごめん。ちょっと残業になっちゃって、少しだけテラス席で待っててくれる？」

言うやいなや航汰はバーガーづくりに戻ってしまう。となりにいた大柄な男子が私をギロッとにらんだ気がしてビクッと体が跳ねてしまう。

テラス席に出ると、さっきより雨の音が大きくなっていた。屋根がついているおかげで雨に濡れる心配はなさそうだ。四人掛けのテーブルに座り左側を見れば、三ヶ日町は灰色にけぶっていた。

今日はこのあと、文化祭について航汰と打ち合わせをすることになっている。

さらに明日は、ふたりでフルーツパークへ行く約束をしている。

『明日は晴れますように』と願いたかったけれど自重しよう。私が願うことは叶わない。フルーツパークのことじゃなく、明日は美亜《みあ》の大事な試合がある日だから……。

願っても願わなくても、結局は雨マークがこの町を数日間支配する予報だ。

「どうぞ、三ヶ日みかんサイダーです」

目の前にオレンジ色のサイダーが入ったビンとグラスが置かれた。顔をあげると色の白いキレイな人が立っていた。航汰と同じユニフォームを着ている。

「浜名湖《はまなこ》高校三年の戸綿陽菜《とわたひな》です。交換留学生の村上《むらかみ》さんだよね？」

「あ、そうです。よろしくおねがい……」

最後のほうはモゴモゴと口ごもってしまう。

そんな私に陽菜さんはくしゃっと人懐っこい笑みを浮かべた。

「お待たせしてごめんなさい。遅番の子たちに買い出しに行ってもらっててね。ひとりは遅刻だけど。どちらもあと少しで到着するはずだから、それまで待っててもらえるかな？」

「はい、大丈夫です。あのこれは……」

ジュースを指さす私に、陽菜さんは右手をさらさらとふった。

「航汰君からのお詫《わ》びだって。もうすぐバーガーも来るから待っててね」

そう言うと陽菜さんはもう一度にっこり笑って、店内へ戻っていった。

追うように店内を見ると、新しいお客さんが二組並んでいた。

レジに立つ航汰はにこやかにうなずきながらオーダーを取っている。商品を説明しているのかな、口が笑みの形のまま動いている。

レジを打ったあと、航汰は私のほうを見た。

視点が合うのを確認すると、航汰はやわらかく目を細めた。

意味もなくうなずいてから、三ヶ日みかんサイダーをグラスに注いだ。

ああ、ダメだ……。この数日、あまりにも航汰を意識しすぎている。

たまたま交換留学に来ただけ、たまたま同じクラスになっただけ、たまたま文化祭の――。

ザーッと降る雨にこんな気持ち流れてしまえばいいのに。

そう思っていると、不思議と気持ちがラクになった。

バーガーを持った航汰があわててやってくる頃には、ずいぶん気持ちもラクになっていた。

そうだよね、恋なんてするはずがないんだから。

「いやあ、遅くなった。ってことで、これはおごりだから。名物のグラニーズバーガー」

びっくりするくらい大きなバンズに、分厚いハンバーグ、チーズやトマト、オニオンや目玉焼きまでがはさんである。バンズの上に刺さっているピクルスもひと口では食べられないほど大きい。

お礼を言おうと顔を見て、思わず噴き出してしまう。

「ちょ、その髪型」

「しまった、鏡見てくるの忘れた」

帽子をかぶっていたせいでペタンと倒れている毛先を、航汰は元に戻そうと必死になっている。

そうだよ、こんなふうに笑い合うほうが楽しいんだから。

「明日、美亜の試合だよね。晴れるといいね」

「あいつ、どこで試合するのか教えてくれないんだよ」

「ああ、私も聞いたけどダメだった。見に来られると緊張するから、って」

雨をながめながら言うと、航汰が「じゃあさ」といたずらっぽい顔をした。

「願いっこゲームしようよ」

「なつかしい。子供のころよくやったよ。相手の願いごとを聞いて神様に願うんでしょう?」

ふわりとまた瑞樹君の思い出がよみがえった。

そう、あの頃私たちは、ふたりして『一緒にいられますように』と願いっこをしたんだ……。

「お互いに、明日晴れますように、って願うんだ」

そう言われても、私の願いは叶わないことばかりだ。

「そうだね……」

あいまいにごまかしていると、

「おつかれさん」

低い声とともに、斜め前にさっき厨房にいた男性がどすんと座った。

「和馬《かずま》さん。あ、前に話したよね、うちの高校に来た交換留学生の村上梨沙さん」

「あー、うん。どうも」

こっちを見ない、和馬さんと呼ばれた男性の目つきは鋭かった。

「こら、和馬！」

パシンと頭をたたいた陽菜さんがとなりに座った。

「ごめんね、和馬って極度の人見知りなの。で、緊張するとこんな顔になるの。ほら、もっと愛想よくしなさいよ」

「痛えな。どうも、気賀《きが》和馬です」

ヒクヒクしている口元が怖いし、目が笑っていない。

「村上……梨沙です」

深々と頭を下げると、「でさ」と航汰がスケッチブックを取り出した。

この前、航汰と話し合った内容がイラストとともにまとめられている。

「梨沙と今度文化祭で一緒にデザート専門店をやるんです。ふたりにも相談に乗ってもらいたくて」

「へえ」と和馬さんは私を値踏みするように見てから、うなずいた。

「おもしろいな、それ」

「私も話を聞いてすごくいいと思った。航汰君が自分から乗り気になるのってめずらしいしね」

陽菜さんもニコニコとうなずいている。

大きな手で和馬さんが、私の前にある三ヶ日みかんサイダーを指さした。

「デザート専門店なら三ヶ日みかんを使えば？」

「それはもうメニューに入ってる。三ヶ日みかんシュークリームは梨沙のアイデアなんだ」

自慢げに胸を張った航汰に、陽菜さんが首をかしげた。

「三ヶ日みかんのフルーツワードはなんだっけ？」

まさかここでフルーツワードを聞くとは思わなかった。

和馬さんは知らないらしく眉《まゆ》をひそめている。

「陽菜さんもフルーツワードを知っているんですか？」

おそるおそる尋ねると、陽菜さんは「だって」とクスクス笑う。

「フルーツの話題になるたびに言うんだもん。そのグラニーズバーガーにはマンゴーソースがかかってるの。航汰君ったら、『マンゴーのフルーツワードは『情熱』にします』って宣言したんだよ。だから、うちではグラニーズバーガーのことを『情熱バーガー』って呼んでる」

「ああ、そういう由来だっけ」

和馬さんがうなずいたあと、航汰を見た。

「たしか、フルーツワードって好きな子と一緒に作ったんだっけ?」

「はい」

はっきりと答える航汰の声が聞こえた。

一瞬遅れて、航汰の言葉がすとんと胸に落ちた。

そうだったんだ……。

航汰も誰かに恋をしている。

それを知ることができただけで、今日ここに来た意味があった。さっきみたいな気持ちは、もう二度と生まれないだろう。それでいいんだ。

「あ、いけね。蓮司《れんじ》が待ちくたびれてる」

和馬さんが椅子《いす》を引くのと同時に、航汰が「あの」と言った。

声がさっきよりも固くなっていた。

「蓮司さんのケガの具合、どうですか?」

蓮司さんという人はケガをしているのだろうか。和馬さんはリュックを背負うと右手の親指を立てた。

「もう杖《つえ》なしで大丈夫になった。あいつ、マジでリハビリの鬼になってる。先生の話じゃ、後遺症はわからないくらいにまで回復するだろう、って」

「……よかった」

「航汰が心配していること伝えたよ。『数回しか一緒に仕事してないのにやさしいんだね』って感激してた」

「いえ……」

なぜだろう、いい報告のはずなのに航汰の表情は曇ったままだ。

「じゃあ村上さん、今日はありがとう。気をつけて帰ってね」

陽菜さんもまたさらさらと手をふって出ていった。

ふたりがいなくなると、航汰は急に人差し指を立てた。

「ここで問題です。ミカンのフルーツワードはなんでしょうか?」

「……『元気』?」

「その通り。でね、同じミカンでも三ヶ日みかんには、別のフルーツワードがあるんだ」

航汰は私の持つビンを指さした。

「三ヶ日みかんのフルーツワードは『思い出』だよ」

自慢げに言ってるけれど、ぜんぶ航汰が勝手につけた言葉だ。

思い出か……。

「あ……」

ふいに、ミカンを手にする小さな手を思い出した。

『これあげる』

あれは……瑞樹《みずき》君だ。そうだった、瑞樹君は好き嫌いがひどく、特にフルーツは一切手をつけなかった。幼稚園でのおやつがフルーツの日には、私にくれてたっけ……。

こんなことずっと忘れていた。

航汰と瑞樹君が似ているなんて、やっぱり錯覚《さっかく》だった。

フルーツ好きな航汰と苦手な瑞樹君は、まるで真逆。

それから私たちは雨の音をBGMに、メニューをそれぞれに考案しては発表をくり返した。

夕暮れになり、スケッチブックに書いたメニューに色鉛筆で色を塗っていると、「ねえ」と航汰が言った。見ると、彼は雨を読むようにながめている。

色鉛筆を持ったままきょとんとする私に、航汰はすっと口を開いた。

「本気で調理関係の仕事、目指してみたら？」

「……え？」

「これだけアイデアが出るんだよ。それに栄養計算までできてる。それに、メニューを考えているときの梨沙は、すごく楽しそうだった。俺なんかが言えることじゃないと思うけど、向いてると思うよ」

言いたいことがわからないようでわかる。目の前にあるメニューの数々は、キラキラ輝いて見えるから。

「ちゃんと考えなくちゃね。そういう航汰はどうなの？　このまま就職するの？」

「俺はいいんだよん」

「え、人にはさんざん言っておいて、それ？」

バイトの緊張感から解放されたからか、航汰はいつもより笑っている。

片づけをして店を出た。改札を抜けてホームに立つと、まだ雨がさわいでいる。

持ち帰ることにしたサイダーが、ビンのなかで泡《あわ》を生んでいる。

「さっき、和馬さんが言ってた蓮司さんって人なんだけどさ……」

となりに立つ航汰が言った。

「あ、うん」

「俺の教育担当だった人なんだ」

「ケガをしてるって……」

「去年、大きな事故に遭《あ》ったんだよ。でも、元気になってるならよかった。後遺症が残らないかも、って最高のニュースだよ」

目じりを細めてうれしそうな航汰を見て、私もうれしくなる。

自分と同じような事故に遭ったからこそ、航汰は心配をしているんだ。

……あぶない。

唾《つば》を飲みこむ代わりに、三ヶ日みかんサイダーを飲んだ。

航汰のやさしさに、気持ちが反応してしまっている。

彼は、委員会の仕事として私の面倒をみてくれているだけなんだから。

そう言い聞かせても、反論の材料を勝手に探してしまう。

私は恋なんてしない。ましてや航汰はありえない。

彼は、期間限定で出会った人。彼には好きな人が……。

「明日も雨かなあ」

また空を見る航汰に首をかしげてみる。

これ以上、航汰との距離を縮めることは、この先の私をきっと不幸にする。

――どうか明日、フルーツパークのある場所だけ雨がやみますように。

心のなかで本気で願った。

私の願いは絶対に叶わない。

これで明日は雨になり予定は流れるだろう。

三ヶ日みかんサイダーを飲めば、苦くて甘くて……少し悲しかった。


天竜浜名湖《てんりゅうはまなこ》沿線のフルーツパーク駅で列車をおりたのは私と航汰だけだった。

小さな駅舎には改札口もなく、すぐそこは道路になっている。

「天竜浜名湖鉄道には無人駅が多いからね」

誇らしげに言う航汰は、麻のシャツにジーンズがよく似合っている。

「快晴になったのは、梨沙が願わなかったおかげなの？」

「だね」

天気予報は見事に外れ、大きな空には気持ち程度の雲が流れている。

あんなに願ったのに、真逆の結果にはならなかった。地区を限定して願ってしまったけれど、美亜の試合も無事におこなわれるみたいで安心した。

本気で願ったことが叶うなんて、久しぶりすぎて驚いている。

それより気になるのは、駅が山の中腹にあること。まさか、登らないよね……？

私の期待をよそに「こっちだよ」と航汰は上り坂を選んだ。

「フルーツパークはこの坂の途中にあるんだ」

そういえば今朝、ハンガーにかかっているワンピースを見て美亜は言った。

『えもんかけの服、今日着ていくならやめた方がいいよ』と。

えもんかけの意味がわからず眉をひそめている間に、美亜はあわただしく試合に出かけてしまった。

「ね、航汰。えもんかけ、ってひょっとしてハンガーのこと？」

「えもんかけって言ったらえもんかけのことだけど、たしかにハンガーとも呼ぶね」

なるほど、と鋭角な坂をのぼりながら納得する。美亜の忠告どおりワイドジーンズにしてよかった。ただ、靴《くつ》はかかとが高いものを選んでしまったので歩きにくい。

五分、いや十分ほど歩いた先にようやく建物が見えてきた。とんでもなく広い駐車場を見て、フルーツパークを甘く見てたと思い知る。これだけの車が駐車できるということは、敷地面積も相当あるのかもしれない。

「東エリアと西エリアに分かれていてね、合わせると東京ドーム九個分にもなるんだ」

私の考えを読むように、案内図の前で航汰は言った。

「九個……想像がつかない」

大きな看板には、園内の地図が描かれている。東エリアには、果樹園が記されていて、池や展望台もあるみたい。西エリアには土産物屋《みやげものや》や芝生《しばふ》広場、屋外ステージに噴水ショーエリアまである。たしかに広そうだ。

「でも、見てまわると楽しくてあっという間だよ」

入園口で代金を支払いゲートを抜ける。建物脇にある鉄製の階段をのぼる航汰に遅れまいとついていくけれど、すでに体力のゲージが減ってきている。私が遅れないようにペースを合わせてくれる航汰に、少しだけまだ胸がさわいでいる。

最上階に出ると、開けた場所に出た。目の前には大きな歩道橋が構えていて、その遥《はる》か遠くにある山には、風力発電と思われる風車が五つ並んでゆっくり弧を描いている。

「すごい景色だね！」

思わず声をあげてしまうほど、どこを見ても山、山、山。

「東京と比べたらどこも田舎《いなか》だら」

「あ、そういうことじゃなくって……」

たしかに今の言いかたはよくなかった。反省する私に気づかず、航汰はスマホを手にした。

「お、美亜が会場入りしたってさ」

画面を見せてくる航汰。画面にはふたりのメッセージのやり取りが表示されていた。

『ゲームしてないで寝なよ』『おはよう試合がんばれよ』

「晴れてよかったよね」

「んだよ。あいつ、この期におよんでも試合会場教えないつもりか」

スマホに文句を言いながら美亜へのメッセージを打つ航汰。ふたりは、私よりも深い絆《きずな》で結ばれているんだな、と思った。

入園口でもらった地図を確認すると、この歩道橋は『フルーツ大橋』という名前とのこと。

「これから向かう東エリアは山になってて、たくさんの果樹園があるんだ」

スマホをうしろポケットに入れた航汰が、前を行く。

歩道橋は太陽の光が反射して、キラキラまぶしくて目がくらむ。

「果樹園って見たことないかも」

「子供の時にイチゴ狩りとか梨狩りに行ってない？」

行ったことがあるようなないような……。

「この時期だとリンゴや梨、柿が旬《しゅん》を迎えているよ。ブドウはそろそろ終わりかな。イチジクも終盤に差し掛かってるくらい」

フルーツの話をする時の航汰は、いつも以上に生き生きとしている。

まぶしいのは太陽よりも航汰のほうだ。

橋を越えると、航汰の言った通り急勾配《きゅうこうばい》の山道が待ち構えていた。これを登らなくてはいけないのか、と唖然《あぜん》としていると「大丈夫だよ」と航汰が右側を指さした。

「チューチュートレインが来るから。園内をぐるっと一周してくれる列車でね……あ、来た」

のんびり向かってくる列車は、遊園地でたまに見かける小さな連結列車だった。

乗り込むと、思ったよりもすごい馬力で山道を進み出す。

「俺も足が弱いから、ここに来るとお世話になってるんやて」

航汰は気づいていない。私と話をする時にも方言を使う比率が増えている。

心を許してくれた証拠かもしれない。

秋の風がとなりに座る航汰の髪を揺らしている。

山の木々から見えたり隠れたりしている太陽が、彼の顔を明るく見せたり翳《かげ》って見せたり。

どうして航汰といると心が惑わされるのだろう。

気づいてはいけない、キヅイテハイケナイ。

視線を反対方向へ向け、生い茂る木々に想いを逃がした。

山の上で停車した列車から降りると、左側にある木々にたくさんのミカンがなっていた。

「すごい数だね」

「そうだら」と自分のミカン園のように、航汰は自慢げに胸を反らした。

濃い緑の葉は、こぶし大のミカンをより目立たせている。

「右に見えるのはウメ園。その先は、柿園やリンゴ園、梨園もある。気候が違う土地で育つフルーツが、同じ場所で栽培《さいばい》されているのはめずらしいことなんだよ」

それぞれのフルーツが数本ずつ植えられているイメージだったのに、実際に来てみると全然違った。区分けされた敷地それぞれに果実が実っている様は圧巻だ。

「これを踏まえて、メニューに変更ってある？　希望としてはミカンシュークリームは絶対メニューに入れてほしいな」

航汰の問いに、そうだったと我に返った。これは文化祭の下見なんだ。

「そうだね。文化祭の時期になればミカンも甘くなってるから、あのシュークリームはもっと美味《おい》しくなると思うよ」

「やった」

航汰は小さくガッツポーズなんてしている。右手に等間隔で植えられているのは梨の木。胸の高さの枝先に梨が実っていた。

これなら子供でもがんばれば手がとどきそう。

そう思った瞬間、頭に昔の光景が浮かんだ気がした。

足を止め、思い出の輪郭《りんかく》を探しても、煙が消えるように姿は消えてしまっていた。

今のは……なんだろう?

「どうかした?」

不思議そうにふり返った航汰に、「ううん」と首を横にふった。

「梨のメニューを考えていたところ。冷やすと美味しいけど、ポリフェノールと酸化酵素が含まれているから変色しがち。砂糖水につけて甘くするか、ジャムとかにしても――」

「克服」

話途中で言った航汰が恥ずかしそうに口ごもった。

「ごめん、思い出しちゃってさ。梨のフルーツワードは『克服』なんだ。ほかにも『制《せい》覇《は》』ってのもあるから、美亜に買っていこうか」

「ああ、うん。それいいね」

　梨園には、薄茶色の実がいくつもなっていた。

触れないようにそっと顔を近づければ、消えたはずの光景がまた頭に浮かんだ。

「昔ね、梨が大嫌いな子がいたの。色が変わるのが怖いって、いつも泣いてた」

　瑞樹君はフルーツ嫌い。瑞樹君のお弁当に入っていた梨は塩水につけてあったみたいだけれど、昼にはやはり変色し始めていた。

「ごめん。こんな話しても仕方ないのに、なんで思い出しちゃったのだろう」

「いいじゃん。そういうの。もっと聞かせてよ」

　右手を『どうぞ』と差し出す航汰に、記憶のフィルムの一時停止ボタンを解除した。

　フルーツが嫌いな瑞樹君が心配で、私はお母さんに相談したんだ。お母さんはあの時
……。

「あっ」

　キッチンでお母さんとふたり、鍋《なべ》を覗《のぞ》き込んでいる光景が浮かんだ。水でふやかしたゼラチンシートは、鍋に入れると一瞬で見えなくなった。

「思い出した。お母さんと一緒に梨のゼリーを作ったの。それなら空気に触れることがないから酸化を防止できるし」

「そんな小さい頃から料理をしてたんだね」

感心する航汰に首を横にふった。

「そう、梨ゼリーをよろこんで食べてくれたっけ。今日までずっと忘れていたのに、びっくり。ふわっと思い出しちゃった」

顔はあいまいだけど、大きな口で笑ったのは覚えている。誰かの苦手を克服できたことがうれしくて……あれが私が料理好きになった原点かもしれない。

「へへん」と航汰が両腕を組んで見せた。

「フルーツワード、当たってるだら。ミカンは『思い出』、梨は『克服』。ふたつともピッタリ当てはまっている」

あごをあげた航汰に「たしかに」とうなずいた。

「梨沙の名前にちょうど梨が入ってるのも、その子が克服できた原因かもしれないね」

漢字なんて知る由《よし》もなかったあの頃。私はただ、そばにいられれば楽しくて笑っていられてしあわせだった。でも、航汰がそう言ってくれるのがうれしかった。

やがてリンゴ園が迫ってきた。真っ赤なリンゴは遠くからでも存在を主張していて、私たちは光に吸い寄せられる虫みたいに近づく。

販売所と書かれた建物で、航汰が透明カップに入ったリンゴを買ってくれた。くし切りにされたリンゴにはつまようじが刺さっていて、すぐに食べられるようになっている。

「この先に休憩スペースがあるからがんばろう」

あまりに航汰が無邪気に笑うので、渡されたカップから体の熱が伝わってしまいそう。


イチゴ園はビニールハウスで栽培されているらしく、中は見えなかった。

キウイやイチジク、スモモなどのスポットを抜け、休憩スペースにあるベンチで私たちはノートを広げて、メニューを考えた。

三ヶ日みかんはシュークリームにすることで最終決定。梨はコンポートにしてカップケーキに入れる。その上にリンゴのムースを絞《しぼ》ればおもしろい味になりそう。

シャクシャク。

リンゴをかじる音が耳元でした。顔が引っつきそうなほど近くで航汰がノートを覗き込んでいる。ヤバいな、と思った。ひとつひとつの言動にいちいち反応してしまう。

認めたくなくても、心が航汰への気持ちを受け入れているみたい。

「航汰はやっぱり大学には行かないの？」

スポーツ推薦《すいせん》をあきらめた、と言っていたよね。

「そのつもり。行きたい大学がないのに無理やり選ぶのって、人生損してる気がしてさ。

このまま就職しようかな、って」

「でも、まわりは反対してるんでしょう？」

「すごい反対されてる」

ニヒヒと笑った航汰が、私を見て首をかしげた。

「梨沙は管理栄養士の夢、どうするの？」

「迷ってたけど、少しずつ叶えたい気持ちが出てきてる。不思議なんだけど、ここに来てからそう思うようになったの」

「よかった」

本当にうれしそうに笑う航汰は、やさしい人。

「でも」と目を伏せた。

「まだ100％じゃない。それどころか、東京に戻ったらまたウジウジ悩むんだと思う」

私の願いは叶わない。

根底に流れている深い川がある限り、夢も希望もいずれ流れ去ってしまうのは目に見えている。

「それでもすごいって。なりたい職業があるなんて尊敬する」

「まだわからないよ。だって給料が安いとか、あまり求人がないとか、結局はメニューや栄養計算ばかりで現場に出られないとか、そういうマイナスなことも気になるし」

「梨沙の人生じゃん」

「え？」

さらりと格言めいたことを口にした航汰を見た。

「どんなにマイナスな現実があったとしても、自分で選ぶのが人生だと思う。たとえ失敗しても誰のせいにもできないし、強要されて行きたくないところに行ったほうがあとあと恨んじゃうかも」

まるで自分に言い聞かせるように航汰はさみしい目をしたあと、私を見つめた。

「俺、どんな時でもまわりのみんなのこと好きでいたいんだよね。そのためには自分で選択し続けたい」

まっすぐな瞳だと思った。ああ、また胸がシクシクしている。

いくら拒否や否定を重ねても無理かもしれない。

私は……航汰に恋をしているんだ。

こんなに息苦しくてつらくて、だけど幸せな感情なんだね……。

口をギュッと閉じた。

この気持ちは絶対に口にしてはいけない。

無言のまま月末までやりすごせば、誰も傷つけないですむから。

「そういえば美亜、試合がんばってるかな」

ふと航汰が思い出したように言った。

「あいつ、知り合いに試合しているところを見られるのが、昔から嫌いなんだよね。『部活に入っていない航汰にはわかんないと思うけどね』なんて生意気にもほどがある」

そっか……。ひょっとしたら航汰は美亜に片想いをしているのかもしれない。

香菜と亮のようにそばにいる時間が長ければ、恋をすることもありえる。

今日だって、思い返すと美亜の話ばかりしている気がする。

やっと航汰への気持ちを確信できたと思ったのに、さっきとは違う息苦しさを覚えている。

……ダメ。恋によって友情がぎこちなくなるのは、二度とごめんだ。

そもそも交換留学生の私がここにいるのも、あと数週間。

楽しい思い出だけを持ち帰ればいいのだから。

美亜には幸せになってほしい。航汰にだって同じくらいに。

そう考えると不思議な気がした。先生もクラスメイトも、航汰も美亜も……東京に帰れば二度と会わなくなる人たちばかりなんだ。

航汰が最後のリンゴを渡してくれた。

「梨沙も管理栄養士になるなら、うちの大学受験すればいいじゃん。そしたらまた美亜ん家《ち》から通えるし」

航汰がやさしければやさしいほど、私はこの想いに苦しむことになる。友達と一緒の人を好きになるのはもうたくさん。

「東京にもそういう大学たくさんあるから」

言い訳のように口にして残りのリンゴをかじれば、さっきよりも酸《す》っぱく感じた。

秋が深くなるのと同じスピードで、学校全体が文化祭ムードに変わっていく。

掲示板には各クラスの出し物がはられ、短い昼休みにも校庭や体育館に部活メンバーが集まって練習している様子。教室のうしろの棚《たな》には製作途中の看板やＰＯＰがあふれ、放課後も実行委員会を中心ににぎわっている。

今日は試作品をみんなに食べてもらう日だ。五時間目が準備のためにフリーとなったので、調理メンバー数人で調理室にこもった。美亜の家で下ごしらえした食材を使い、レシピを実践《じっせん》してもらった。

「まさかあたしが調理班なんてね」

ぶすっと眼鏡《めがね》を直して言うのは、鈴木綺羅《すずききら》さん。この人も、苗字《みょうじ》が鈴木さんだ。

鈴木さんはおしゃべりが大好きな女子。ショートカットでくりくりした目は、綺羅という名前のとおりキラキラしている。スリムな体に長い手足はいつ見てもうらやましい。

なのに、鈴木さんは自分の名前が気に入っていないらしく、かたくなにまわりの人に『鈴木』と呼ぶことを強要しているそうだ。

美亜とも仲良しで家も近いそうだ。昔から住んでいるが、方言はほとんど出ない。

「高校を卒業したら東京の大学に進むつもり。そしたらルームシェアする？」

冗談なのか本気なのかわからない提案をしながら、鈴木さんは生クリームに三ヶ日みかんで作ったソースを混ぜ合わせた。

「ざっくり混ぜ合わせるくらいでいいよ。終わったら絞《しぼ》り袋に入れてシュー生地に詰めて」

指示を出している間に、カップケーキも焼きあがったらしい。調理班の女子たちがカップケーキの上部をくり抜いて、ソースを詰めようとしているのであわてて止めた。

「今ソースを入れたら溶けちゃう。一旦カップケーキを冷蔵庫で冷やしてくれる？」

「じゃあその間に洗い物やっちゃうね」

みんな素直でおだやかだ。料理好きが集まったとあり、文化祭の仮メニューは次々に完成していく。

「それにしても、梨沙が来てもう一か月半たつなんて早いよね。もっと東京の話聞きたいのに」

鈴木さんがシュー生地にクリームを詰めながらぼやいた。

「そこまで詳しくないよ。そもそも街にあんまり出ないし」

香菜《かな》はどうしているのかな。最後に電話があったのはいつだろう。

最近じゃＬＩＮＥもスタンプがたまにとどく程度。

香菜と亮《りよう》がうまくいっているといいな。

そう思える自分になれたのも、ここにいるやさしい人たちのおかげだ。

生クリームの注入を終わらせた鈴木さんに、パウダーシュガーを渡す。

これをふりかけて、最後に三ヶ日みかんの実をひとつのせて完成だ。

ふるいにパウダーシュガーを入れ、さらさらと鈴木さんはシュークリームに白い化粧《けしよう》を施《ほどこ》す。まるで粉雪が雪ダルマに降り注いでいるみたい。

「きれいだね」

ほわっと顔をほころばせる鈴木さん。

綺羅という名前がとても似合っていることを教えてあげたくなる。でも、知り合って間もない鈴木さんに急に近づけば、シャットアウトされてしまうのは目に見えている。

じゃあ香菜には？　いつもそばにいたのに、本音を隠してしまっている。

亮とのことが問題じゃないんだ、と気づいた。

私が変わらないと、香菜との距離は縮まらない。でも、亮の話題が出れば、香菜が話してくれなかった事実を思い出して息が苦しくなってしまいそう。

「ぼんやりして、どうかした？」

鈴木さんの問いに、「ううん」と首を横にふった。

「なんでもないよ。それより鈴木さんの好き嫌いってないの？」

「あたしの？」

「航汰はフルーツ好き、美亜は野菜嫌い。ここにいる人たちは食べ物の好みがはっきりしてるな、って思って。調査だよ」

完成したシュークリームをお皿に並べる。

オレンジ色のクリームがちょこんと覗《のぞ》いていてかわいらしい。

「あたしはいたって普通。フルーツはそれなりに好きだし、野菜はまあ苦手なものもあるけど……。例えば、ニンジンとかピーマンとか緑の豆類とかカボチャとかかな。トマトだけは絶対パス。そのせいで小学校の給食の時間は苦労したもん」

鈴木さんも相当な偏食ってことだろう。聞きつけたほかの女子が「あー」と声をあげた。

「たしかに鈴木さんと美亜って似てるわ。うちのクラスの偏食大王だもんね」

「待って、そこはせめて女王にしてよ」

どっと笑いが起きる。私も思わず大笑いしてしまった。

「そんな鈴木さんに、このあと試食会で絶対に食べてほしいものがあるの」

目じりの涙を拭きながら言うと、鈴木さんは目を丸くしている。

「え、なになに？」

「このあとのお楽しみってことで、まずは完成させて教室に行こう」

そろそろ五時間目も終わりだ。ホームルームで試食をしてもらい、メニューを決定することになっている。

こうして色々と聞けば、その人となりがわかってくる。

鈴木さんの名前のことも、偏食のこともこれまで知らなかった。

もちろん、私が尋ねなかったからだし、こんな短い期間でわかり合えるはずもないことは承知している。

それでも、別れの日のことを思うと少しだけさみしくなった。

「じゃあ三ヶ日みかんシュークリームはメニューに採用ね。リンゴと梨のカップケーキはどう?」

鈴木さんの問いに、一斉に「採用」の声があがった。

順調にメニューが採用されている。クラスメイトは、鈴木さんの進行のあとフルーツデザートを我先にとうばい合い、「うまい」を連呼してくれている。

栄養価についての説明はおそらく半分も記憶に残っていないだろう。

ふたつのメニューが採用され、カットフルーツも提供が決まった。飲み物はお茶と、余った皮を使って作るフルーツティーを提案した。渋みが紅茶によく合っている。

航汰は監督みたいに私のそばで腕を組んでうなずいている。もちろん試食品が取りやすいポジションを確保しているだけだ。

「最後に梨沙から、もう一品紹介があります」

鈴木さんの声で、教壇《きょうだん》に一斉に視線が注がれた。まだ食べられるという期待感が熱気になってむわんと押し寄せてくるみたい。

教壇の上にオーブンから出したばかりのパウンドケーキを置くと、歓声があがった。

長方形のパウンドケーキはまだ熱く、まな板の上で切ると湯気が甘い香りを生んだ。

「あの」と口にしてから、声の小ささに気づきお腹に力を入れた。

「まず美亜と鈴木さんに食べてもらいたいデザートです。名前は『フルーツパウンドケーキ（仮）』です」

横に立つ鈴木さんが不思議そうに私を見た。

「なんで『仮』がついてるの？」

「いいからいいから。美亜も食べてみて。あ、みなさん美亜はこの間の試合で準優勝したんだよ」

波のように広がる拍手のなか、美亜が照れたように教壇にあがり胸を張ってみせた。

さらに拍手は大きくなる。

紙皿に一切れずつ載せて渡すと、美亜はうれしそうに笑った。

「すごいキレイ！　なにこれ」

パウンドケーキは、赤色や黄色など七色が鮮やかに断層になっている。ひとつずつ味つけした生地を重ねて焼いたものだ。

「甘い香りがするね。イチゴ？」

フォークを手にした鈴木さんが先にひと口食べた。すぐに目がキラキラ輝いた。

やはり鈴木さんの名前は綺羅で合っていると思った。

美亜も食べてすぐに「んんんん」と悶絶《もんぜつ》している。

「なにこれヤバい。すごく甘くてフルーティで美味《おい》しいよ！」

「ほんとだ。層のそれぞれに味がついててめっちゃうまい！」

鈴木さんの同意を受け、みんなが手を伸ばしてくるので「待って」と押し止めた。

私の肩に手を置いたのは航汰だった。

ドキドキする私をよそに、じっと手元のパウンドケーキを見てから小さく息を呑《の》んだ。

「これ、ひょっとして……」

さすがは航汰だ。

「じつはこのパウンドケーキにはフルーツよりもたくさんの量の野菜が入っているんです」

ネタバラシに美亜と鈴木さんが体を硬直させた。

「え、それって本当に？」

美亜の紙皿にはもうパウンドケーキはなかった。

「栄養価で考えると、フルーツだけを使ったデザートは美味しい反面、栄養価に偏《かたよ》りが出ちゃうの。それを補うために野菜を使ったんだよ」

「待ってよ。全然、野菜の味なんて……」

異を唱えた鈴木さんが、最後の一切れを食べてからうなずく。

「やっぱりフルーツの味しかしないけど」

「俺に試させて」

航汰が包丁をうばい取り、パウンドケーキをカットしたと思ったら口に放り込んだ。しばらくもぐもぐと食べてからもう一切れ。今度は一層ずつ食べてはうなずいている。最後のひと口を食べ終わると、やおらチョークを手に取り黒板にパウンドケーキの断面を描いた。

「一番下の段はバナナとダイコン。黄色はクチナシの実で色をつけた？」

イラストに層を表す線を引き、そこに『バナナ×ダイコン』と航汰が書いた。

手を頭上にあげてマルを作ると、教室にまた歓声が起きる。

「オレンジの層はミカンと……レモン汁と砂糖で煮込んだカボチャ？」

「惜しい。カボチャじゃなくてニンジンです」

ああ、と残念そうな声がまわりで起きた。

航汰も悔《くや》しそうにしながら、緑の層を穴が開くくらいじっと見つめた。

「緑の層はメロンとホウレンソウ。赤はイチゴとはちみつで煮込んだパプリカと予想する」

「……お見事です」

「よっしゃ！」

ガッツポーズを作る航汰に、割れんばかりの拍手が起きた。本当はキュウリも入っているし、イチゴにはブルーベリーも入っている。それでもほとんどを当てるなんて驚きだ。

鈴木さんが驚いた顔で「すごい」と口の動きだけで言った。

「梨沙すごいね。びっくりしちゃった。苦手な野菜ばかりなのに、普通に食べられたよ」

「あたしもびっくりしてる」

感心している美亜に、迷いつつも真実を告げることにする。

「あのね、最近の夕飯、おばさんと相談してこっそり野菜を混ぜてるんだよ」

「えっ⁉」

「ゆうべのラザニアは生地にタマネギとジャガイモを使って、ソースに入っているお肉も半分はマメを使ってるの」

「ええっ⁉」

「お弁当に入ってたチャーハンのお米もね、ほんの少しだけどカリフラワーを細かく切ってお米に見立ててるんだよ。あと、お風呂のあとに飲んでいるオレンジジュースにもニンジンを入れちゃった」

どっと起きる笑いに美亜は絶叫しているけれど、最後は大笑いしてくれた。

「梨沙はすごいな」

パウンドケーキを配りながら、航汰は横顔のままそう言った。

「すごくないよ。フルーツパークに行ったおかげで、アイデアが広がったんだよ」

航汰は「いやあ」と言ってから、予備のパウンドケーキをまな板に置いた。

包丁を当てた姿勢で彼は言う。

「美亜のために、ありがとうな」

深い意味はなくても、その言葉は簡単に私の温度を下げてしまう。


寸座駅《すんざえき》に着く頃には、夕日が山の向こうに隠れてしまっていた。

まだ残る夕焼けが空と浜名湖を茜色《あかね》に染めている。

航汰は用事があるらしく、今日は部活のない美亜とふたりの帰り道だ。

「ねね、ちょっと女子トークしようよ」

美亜はそう言うと、丸い木製のベンチに腰をおろし、私をとなりに誘った。

となりに座ると、空と浜名湖がひと目で瞼《まぶた》に飛び込んできた。

圧倒される風景に言葉をなくしてしまう。

美亜は、カバンからアルミホイルに包まれたパウンドケーキを取り出した。

どうやら確保しておいたらしい。ふたつに割って、片方を私にくれた。

「梨沙ってすごいよね。知らないうちに野菜を食べさせられてるだなんて思わなかった」

「だますようなことしてごめんね」

「いいよ。梨沙にならだまされてもいい」

真剣な顔で言う美亜が愛《いと》しくなる。そっか、美亜と一緒にすごせるのもあと十日くらいしかないんだ。ベンチの木目をなでながら美亜は「あのさ」と言った。

「言いたくなかったら言わなくていいんだけど、その後、友達とは仲直りできたの？」

首を横にふる。

「ケンカしたわけじゃなくって、ただ私が一方的にしこりを感じてるだけ。ＬＩＮＥとかでは普通に連絡取ってるよ」

美亜がパウンドケーキを口に入れた。

「梨沙とすごしてわかったことを言うね。怒らないで聞いてくれる？」

「もちろん」

「子供の頃のトラウマで、本当に言いたいことが言えなくなったんだよね？　でも、あたしは違うと思う」

風がホームにいる私たちの髪を乱している。

「トラウマって自分で作る柵《さく》みたいなものじゃないかな。何度も『これがトラウマ』だと確認するたびに柵を強化していく感じ」

「そう、かな」

核心部分に手を伸ばす美亜に、思わずうつむいてしまった。

まだ笑みは浮かべられていることを確認。大丈夫、大丈夫。

「梨沙は強いよ。あたしなんてこの間の試合で震えちゃって、ミスを連発しちゃったし」

「それでも準優勝なんてすごいよ。美亜のほうが全然強いと思う」

私にはなにもない。思い出にしがみついて、その思い出さえもぼやけてよく見えていない。

「それだよ」と、美亜は私の顔を指さした。

「今、お互いの評価をしたでしょう？　それぞれに相手のことを『強い』って言い合ったけど、自己評価は違う。自分の評価って、いつも自分以外の人がすると思わない？『あの人はこういう人だ』って評価されて、あたしがどう思おうが関係ない。あたしは先輩と最後に組む試合で優勝したかった。その悔しさを梨沙にはわかってほしい」

「あ、ごめん……」

美亜の言うことはすとんと胸に落ちた。結果だけに注目して、美亜の悔しさを理解していなかった。けれど美亜はなぜかうれしそうにほほ笑んでいる。

「あたしも同じだよ。梨沙が強いって決めつけたわけだし。でも、こうやってお互いの本音を語るのが大切だと思う。これが第二話の代わり……あ、第三話か」

第二話は、航汰と海に行くことだった。あれからずいぶん時間がすぎた気がする。

「他人《ひと》ごとじゃなく、あたしは梨沙の本音を知りたい。梨沙が築いた柵を、一緒に壊したいって本気で思ってるんだよ」

「……ありがとう」

美亜とふたりで話をすると泣いてしまいそうになる。

「じゃあ第三話をはじめる？」

うなずいてから空に目をやった。

夕暮れの空は三ヶ日みかんの色によく似ている。

「あたしさ、保育士になりたいの」

美亜の声に視線を戻すと照れたように体を小さくしている。

「子供のころから面倒見がよくってね。同級生の世話も進んでしたがるから、小学校の時のあだ名は『ママ』だったんだよ。今思うとひどいけど、ずっとそうだったの」

「保育士、すごく合ってると思う」

「たぶん、引っ越してきた時、航汰がかいがいしく面倒見てくれたからなんだよね。ああいう人になりたいって思えたんだ。あ、これ航汰には内緒だからね」

オレンジに染まる顔にしっかりとうなずいた。

「だからうちの大学の児童教育学科に進むつもり。絶対に保育士になってやるんだ」

誰かと話をすることで自分を知ることができる。美亜はポジティブで、ちゃんと先を考えている。私はネガティブな情報を信じ、ポジティブな情報を疑う性格なのかもしれない。

「梨沙はどう？」

ふうと息を吐いた。

思ったまま言葉にすればいい。うまく言えなくてもきっとそれが伝わるはず。

「ここに来るまでずっと将来について悩んでた。管理栄養士になることが単なる興味なのか、本気なのかわからなかった。採用枠《わく》や条件のマイナス面ばかり見て、あきらめる理由を探してた気がする」

美亜が私の顔を覗《のぞ》き込んだ。大丈夫だよ、と言われている気がした。

「でも私は弱いから、まだはっきりと断言はできない。なりたいとは思うけど、魚の骨が喉《のど》に引っかかってるみたいな感じなの」

正気な気持ちを美亜は黙って聞いてくれた。

大事なのは結論じゃなく、こうして話せる過程なんだ。

「もし梨沙が夢を確信できたら、将来同じ施設で働きたいね。あたしは梨沙にお弁当作ってもらうの」

「それは職権濫用《しょっけんらんよう》……違う、公私混同だ」

ケラケラ笑う美亜の横顔が、さっきより濃いオレンジ色に染まっている。

ひとしきり笑い合ってから、美亜は顔をこっちへ向けた。

「あたしたち絶対に親友になれるよ」

同じ気持ちを私も持っている。

でも、私がここにある大学を受験しなければ、その縁も消えてしまうかもしれない。

ううん、今は自分の気持ちを信じなくちゃ。

「私もそう思う。そうなれるようにがんばる」

うれしそうに頬《ほお》をゆるめると、美亜は「じゃあ」と空に目をやった。

「こないだの話を聞いてもいい？　子供の頃の友達に『嫌い』って言ってから、ずっと悩んでいるんだよね？」

「うん。おかしいよね。顔も思い出せないのに気にしてるなんて」

「おかしくないよ」

秒で否定する美亜にきょとんとする。

「さっきも言ったけど、自分が感じていることがすべてなんだよ。まわりがどう思うが関係ないし」

あっさりそう言うと、美亜は人差し指をあごに当てた。

「トラウマを乗り越えるには、本当の気持ちをどんどん話すべき。ここまではいいよね？」

「うん」

「じゃあ話して。梨沙は、航汰のことが気になってるんだよね？」

ひゅっとヘンな音が口から漏《も》れた。美亜は静かに首をかしげた。

「言いにくいことでも、本当の気持ちを言葉にしないと。これはリハビリなのです」

「美亜……」

体が石化したみたいに動かないよ。なんて答えればいいのだろう。

「言いたくなかったらべつにいいの。ただ、純粋に聞きたかっただけ」

「これも柵を取るのに必要なの？」

「もちろん」

空と浜名湖がオレンジ色に輝いている。

流れる雲まで同じ色に染め、世界は夜に急ぐよう。

「……気になってる」

言うと同時に「でも」と続けていた。

「わからないの。今までも気になる人はいた。でも、すぐに『違う』って思っちゃうから」

満足そうにうなずいた美亜が、空から私へ視点を移す。

その大きな瞳のなかにまで夕焼けが存在していた。

「あたしからひとつ言わせてもらうね。あたし、どう間違っても航汰のことを好きになんてならないから」

「え……」

「やっぱり」

そう言うと、美亜が私の頬を両手でギュッとはさんだ。

「梨沙の顔に『航汰と美亜はお似合いだ』って書いてある。これまでも何度言われたかわからない。でも天地がひっくり返っても、そんなことにはならない。信用するの、しないの？」

「し、しんにょうすりゅ」

なんとかそう言うと、やっと美亜は手を離してくれた。

「よろしい。これであたしへの疑惑は晴れたわけだね」

「でも……」

言いかけて言葉を呑《の》み込む。まだ本当の気持ちがスムーズに出てきてくれない。

「あたしの家、小学二年生の九月に引っ越してきたの。その時に航汰が気にかけてくれて、それ以来のおさななじみ。本当にそれだけで、それ以上の感情なんてお互いにないんだよ」

「うん」

「尊敬はしてるよ。普通、自分が引っ越してきて、すぐにほかの転入生の面倒なんてみられないでしょ。だけど、それ以上の――」

「待って待って」

今、美亜はなんて言ったの？　右手をあげて質問のポーズを取ると、美亜は「どうぞ」と手のひらをこっちに向けてくれた。

「自分も引っ越してきて……って、航汰も転校してきたってこと？」

きょとんとしたあと、美亜が二回うなずいた。

「言ってなかったっけ？　航汰ん家《ち》は、あたしが越してくる直前の八月に引っ越してきたんだって」

すぐに思い出す。なにかの会話で航汰は『ここに来てから』みたいなことを言っていた。あれは引っ越しを意味していたんだ。美亜は懐かしそうに目を細めた。

「航汰の家はお母さんしかいなくて、いつも鍵《かぎ》っ子《こ》だったの。引っ越してきた同士すぐに仲良くなって、航汰はおばさんが仕事から戻るまで毎日家に入り浸りだった。それこそ家族みたいなもんだよ。あ、あたしが姉で航汰は弟ね」

全然知らなかった。

親しい人にさえも距離を取り、知ろうともしなかった自分が情けない。

「美亜がお姉さんなのは認める」

でしょう、と満足そうにうなずいた美亜。

「だから、航汰もあたしのことは親友だと思ってる。それ以上でもそれ以下でもないの」

美亜はすごい。言葉にしない私の気持ちを見透かしている。

「わかった。疑ってごめんね」

「ううん」と言う美亜の声がくぐもった。

「ただ、あいつ……ずっと恋もどきをしてるんだよね」

相手が美亜だとばかり思っていたけれど、違ったんだ。

「詳しくは知らないよ。興味ないし」

「うん」

「アイドルに恋してるようなもんじゃない。ああ見えてコクられることもあるみたいだけど、全部断ってるんだって。そんなんだからあたしとの仲を疑われるんだよ」

航汰が好きな人は、美亜じゃなかったんだ……。

「航汰、事故のこと話したって言ってた。びっくりしたでしょ？」

「あ、うん。大変な事故だったんだってね」

風に目をやったあと、美亜はそっと視点を落とした。

「あのときは大変だった。陸上やってて、それもダメになって……。リハビリ後は復活して、前の航汰みたいに見えてたけど私にはわかった。すごくムリしてるんだな、って」

左足を押さえていた航汰は、心にも体にも傷を負っている。

航汰は私によく管理栄養士になる夢について尋ねるけれど、自分はどうなのだろう。

今度会ったら聞いてみたい。ううん、今すぐにでも会いたくなっている。

急に美亜がクスクス笑いだした。

「最近変わったのは認める。将来についてもう一度考えてみる、って言ってたし、文化祭もあんなに張り切ってる。梨沙の効果がすごいってこと。それにあたし、ふたりはすっごくお似合いだと思ってる」

あの日、私も自分の気持ちを隠して香菜に同じことを言った。ひょっとしたら香菜にも見抜かれていたのかもしれない。だって、こんなふうにはっきりと言えなかっただろうから。

「怖いんだよね」

素直な気持ちがするんと言葉になった。

「好きになるのが怖い。だって航汰には好きな人がいるし、それにもうすぐ私は帰ってしまう。つらい片想いになってしまいそうで怖いの」

しばらく黙ったあと、美亜は急に人差し指を立てた。

「血が覚えている」

名言っぽい言いかただけど、意味がわからない。

「それって、ケガをした時に出る血のこと？」

「これね、航汰が教えてくれたの」

よいしょ、と立ちあがった美亜が私の前に立った。

「脳が記憶しているんじゃなくて、体のなかで流れている血が覚えているみたい」

意味不明な説明に眉《まゆ》をひそめてしまう。

「その反応、あたしと同じだ。航汰が言うにはね、血は先祖からずっと受け継いできているものだから、過去や前世で出会った大切な人のことは血が覚えていて、再会できたら血がさわいで教えてくれるんだって」

しごく真面目《まじめ》な顔でうなずくと、美亜がこらえきれない様子で噴き出した。

「あははは。ごめんごめん、この話思い出すたびに笑えちゃってさー。そういうことを信じているのが航汰なの。でも、梨沙に対する態度はこれまでと違うってわかる」

あいまいにうなずくと、美亜は私に手を伸ばしてくれた。

その手につかまって立ちあがる。

「梨沙が自分の気持ちをどうするかはわからないけど、あたしは梨沙が出した答えを応援するから」

「ありがとう」

「だからあたしの前では身に着けた防具は取り払っていいよ。裸の心で話をしてくれれば、あたしは梨沙に似合う服を着させてあげるから」

まっすぐに見つめる美亜のことを信じよう。

歩き出すと、もう影もうすくなり、空には星が主張をはじめている。

心強い気持ちはあっても、私は告白をしないだろう。

期間限定の転校生である私は、もうすぐこの地からいなくなる。

距離と不安は、たやすく私をくじけさせるだろうから。

5　花火のように消えていく

「もしもし、香菜《かな》？」

『やほー。なんか電話って久しぶりだね。ちょうどよかった、梨沙《りさ》に――」

「好きな人ができたの」

そこまで言って、やっと空気を吸えた。電話をかける前は、ああだこうだ悩んでしまい、夕飯も気もそぞろだった。

洗い物を美亜《みあ》にお願いしたら、私が電話をかけることをすぐに理解してくれたらしく、にぎったこぶしを突き出してくれた。

『一時間は部屋に戻らないからしっかりとね』

ドラマでしか見たことのないポーズに照れつつ、こぶしを軽くつけてから部屋に戻り電話をかけた。

『え、好きな人？　なに急に』

冗談だと思ったのだろう、香菜のうすく笑う声がしている。

部屋のベッドに腰かけたまま、「香菜」ともう一度名前を呼んだ。

「ちゃんと話をしたいことがあるの。私、香菜にずっとウソをついてた」

真面目な話だと気づいたのだろう、香菜は黙る。

「あのね、前に亮《りょう》への気持ちについて聞いてきたことがあったよね？」

『うん』

「ごまかしちゃったけど、じつは半分くらい当たってた。ウソをつくつもりはなかったのに、びっくりしちゃって……」

不思議だった。一度話し始めると、スルスルと気持ちがあふれていく。

ずっと香菜に伝えたかった。聞いてほしかったんだとわかる。

「私、亮のことが気になってた。香菜に相談できずにずっとモヤモヤしちゃってたの。とっくの昔に、お見通しだったんだよね？」

『梨沙はわかりやすいの。悩むと顔や態度にぜんぶ出ちゃうから』

冗談めかせる香菜に心のなかで感謝した。

「でも本当に今はなんとも思ってないから。それよりも香菜と向き合えていなかったことが情けなくて……」

『同じだよ。ちゃんと話をできなかったのは同じ。だから、すごくうれしい』

「最初から話せばよかったのに、ごめんね」

『こっちこそごめん』

涙声に変わる香菜に、私も一緒に泣いていた。

しばらく鼻水をすする音が続いたあと、香菜は尋ねた。

『で、好きな人ってのは静岡《しずおか》市の人？』

「浜松《はままつ》市ね。うん、血が覚えているかはわからないけど、初めてちゃんと好きだって思える人なの」

『え、血が？』

「なんでもない」とあわてて言ってから、航汰《こうた》のことを話した。明るくてにぎやかでやさしくて、フルーツが大好きな航汰。話せば話すほど、航汰に会いたくなった。

そういえば、今日航汰は用事があると言って一緒に帰らなかった。

これまで気にならないことがどんどん気になってくる。

『じゃあ遠距離恋愛になるわけだ』

恋をしている充足感はすぐにせつなさに色を変えてしまう。

「恋愛っていうか片想いだよ。相手には好きな人がいるらしいし」

『なにそれ。いきなり難易度高い人を好きになったんだ。それでも梨沙にはがんばってほしい。これ本気で思ってるんだからね。がんばれー！』

はしゃぐ香菜に本当は今すぐにでも会いたい。会って話をしたい。

「香菜のほうはどうなの？」

スマホを耳に当て尋ねると、香菜は『ん』と言ってから咳《せき》ばらいをした。

少しの間を取ったあと、

『亮とは別れたんだ』

香菜はそう言った。

予想外の言葉にビクッと体が震えた。スマホの向こうで香菜は『聞いて』と言った。

『もちろん梨沙のせいじゃないから。ていうか、おさななじみ同士の恋愛は厳しい。相手のことがわかりすぎてるから。円満に友達に戻った感じ。そもそもキスもしてないし』

「キス……」

そのワードに頬《ほお》が熱くなるのを感じた。

『あ、いやらしいこと考えてたっしょ』

「考えてないし！」

必死で弁明をし、また笑い合った。

やっと本当の友達になれた気がしてうれしかった。

文化祭は想像の何倍も大きな規模だった。

初日は部活動の発表が校庭と体育館で開催され、フェスが開催されているみたいに時間ごとに生徒たちは大移動をした。

カメラを構えた保護者もたくさん押し寄せ、地元の新聞社の姿もちらほらあった。

私を含めた調理班は調理室で仕込みに追われた。そもそも、いくつ仕込めばいいかもわからず、シュー生地やパウンドケーキを時間のある限り焼き続けた。

永遠と続く同じ作業に飽《あ》きたらしく、鈴木《すずき》さんが脱走し、クラスの連絡網《れんらくもう》によって捕獲された。捕獲場所は校庭のはしっこだった。

二日目はいよいよクラス発表の日。

私たちのクラスの前には『フルーツデザート専門店〜フルーツワードつき〜』の看板が設置され、そのまわりにはカゴに盛りつけられたフルーツの山が飾られた。

購入してくれた人には、航汰が作ったフルーツワード一覧表が配布された。

オープンから生徒や父兄や一般客でにぎわい、想像の何倍もの人が店に訪れた。

途切れることのない列はとなりの教室の前にまで伸びていて、バイトでいうところの

『ピーク』が永遠に続いている感じ。

注文された商品をクーラーボックスから出す人、クリームを詰める担当の人、会計の人、呼びこみや列の整備に交代であたり、午後三時にはすべての商品が完売した。

「売り切れって書いてきたぞ」

担任の熊谷《くまがや》先生がほくほく顔で教室に戻ってくると、教室内に拍手が沸き起こった。鈴木さんはぐったりして椅子《いす》に座り込んでいて、それでも満足そうに笑みを浮かべている。

「いやあ、すごかったな。片づけはあとにして各自時間まで自由行動していいぞ」

わらわらと教室を出ていくクラスメイトが、私に声をかけてくれる。

「村上《むらかみ》グッジョブ」「ほんとたのしかったね～」「ありがとう」

どの顔も笑っていて、私もうれしくなる。

こんな満ち足りた気分、これまで感じたことなかったな……。

航汰は男子たちとはしゃぎながらかけていった。これからお腹の限界が来るまで店をまわるそうだ。

壁にはったメニューを外していると、ナギが声をかけてきた。

「いやあ、大成功やて。片づけはしておくから、文化祭楽しんできて」

「え、でも」

「いいていいて。もうすぐ休憩班が戻ってくるし、村上にとって最初で最後の文化祭になるんだから楽しんで。美亜が外で待ってるってさ」

押されるように教室を出ると、美亜がお客さんに閉店の説明をしていた。

となりに並んで謝罪をしてから美亜と歩き出す。

「おつかれ様。ばかすごかったね」

この地方の人は『すごく』のことを『ばか』と言う。最初はびっくりしたけれど、今では慣れっこだ。

「ほんと、ぐったりだね」

「でもこんな早く売り切れるなんてびっくり。梨沙のメニュー、大好評だったよ」

「みんなのメニューでしょ。あ、たこ焼き」

教室にまで漂っていたソースの香りがずっと気になっていた。

原因はここだったたか。たこ焼きっていうとお祭りって感じがする。

美亜が買ってくれたので、代わりに『冥土喫茶店《めいどきっさてん》』でジュースをおごることにする。

教室内は暗幕をはっているらしく暗く、ろうそく型のライトが各テーブルに置いてあった。おどろおどろしい音楽のなか、お化けに扮《ふん》した生徒がジュースを運んでくる。

血に見立てたトマトサイダーを飲むと、やっとひと息つけた気がする。

「このあとは後夜祭なんだよね」

プログラムには花火のマークが書かれている。後夜祭は初めての経験なので楽しみだ。

「ああ、でもリア充だらけだからなぁ」

美亜がテーブルに肘をついてボヤいた。

「どういうこと？」

「校庭で集まって花火を見るんだけど、毎年カップルだらけなんだよ。あとは、部活の打ちあげ代わりって感じ。とにかくやかましいんだよね」

どうやら乗り気ではないらしい。

「今日は部活のみんなで集まるんでしょう？」

「そうなんだけど、あたしさわぐの苦手だから、はしっこでじっとしてるつもり」

美亜ならやりかねないな、と笑ってしまった。

「あたしがいつでも逃げられるように梨沙も参加してよね」

「はいはい」

つかれた体にジュースの甘さが染み渡る。あんなふうにクラスが一体になるような経験ってこれまでなかったな。ううん、体育祭とかはあったけれど、私が能動的じゃなかったせいだ。

「でも楽しかったね」

この先、何度も今日のことを思い出すだろう。

これこそ俗《ぞく》に言う『青春』ってやつかもしれない。

「梨沙がずっとここにいればいいのに」

視線を落とした美亜がさみしそうに言うから、私もさみしくなる。

文化祭が終わるということは、あと数日で交換留学は終わりを迎えるということ。

こんな気持ちになるなら、初日からもっと楽しめばよかったな……。

「あたしね、ここの大学に進むつもり。ムリにとは言わないよ。でも、もしも梨沙が……」

私にはまだわからない。テーブルに置いた指先にそっと触れた。

「美亜、ちゃんと考えるから。交換留学が終わったら、自分で考えて答えを出すね」

「ばかうれしい」

ホッとした口調ではにかむ美亜は、新しい私の親友だ。

もちろん香菜のことも忘れてはいないけれど。

「なんかさ」と、パンフレットを意味もなく折りたたみながら、美亜が言う。

「毎日ってあっという間に終わっていくね。もうすぐ梨沙ともお別れなんてさみしい」

「言わないで。泣いちゃう」

お化けに扮したスタッフに悲鳴をあげる生徒たち。恐怖を感じるＢＧＭにすら泣きそうになってしまう。

「航汰のことはどうするの？」

「このままでいいかなって、そう思ってる」

悩むよりも先に答えが見えていた。

私と航汰は今月を最後に会うことはない。

たとえ私がここの大学に進学しても、航汰が就職してしまう以上、きっと二度と……。

ううん、違う。航汰に好きな人がいることがわかった以上、近寄ってはいけないんだ。

これが、美亜が言っていた『血が覚えている』なのかも、とトマトサイダーの赤い泡《あわ》を見て思った。

「そっか」

美亜はそう言うと、壁時計に目をやる。

「これからどうする？　五時半に教室に集合で、帰る人はそこで終わり。後夜祭は六時からの予定」

「美亜は部室に行くんでしょ？」

「うん。一緒に来る？　交換留学生を見たいって言う先輩もいるしさ」

そこまで図々《ずうずう》しくはない。丁重に断り、教室を出たところで美亜と別れた。

これから教室に戻ってもナギに追い払われるだろうし、ひとりで見てまわるのはさみしい。

校庭でのんびりしてようかな、と思っていると「確保」の声とともに腕が取られた。

ふり向かなくても誰の声かわかる。

……航汰。

「お待たせ」

約束したわけでもないのに、そんなことを言う。

「あれ、友達とまわってたんじゃなかったの？」

「そうなんだけど、やっぱ最後は梨沙と模擬店《もぎてん》巡りしたいな、って」

きっと深い意味はないはず。

それでも航汰の言う『最後』が、この日々の終わりを示しているみたいで泣きたくなる。

「そろそろ片づけをはじめるクラスもあるから急ごう」

言うなり、つかんだ手を引っ張られた。

「え、待って」

「待たない。まずは模擬店を巡って、それから後夜祭に参加するよ」

廊下《ろうか》を急ぐ航汰に、まわりの景色がどんどん流れていく。

航汰の髪が揺れ、意外に大きく見える背中に頰《ほお》が熱くなる。

うれしさと切なさがミックスジュースみたいに混ざっていく。

予告通り航汰は、次々に教室をまわっていく。焼きそばや射的、脱出ゲームまで。

クラスメイトに冷やかされても平気な顔をしていた。

「男子たちと大食い対決に行ったんじゃなかったっけ？」

深い意味はないって嫌なほどわかっている。

それでも私は今日のことを、東京に戻って何度も思い出すだろう。

今日のことだけじゃない、九月からの日々を忘れたくない。

そのほとんどの思い出に、航汰がいるから。


にぎやかなＢＧＭがぶつっと止まった。

校庭の中央には、気持ち程度のキャンプファイヤーが燃えていて、司会者が、集まった人たちになにか話をしている。

帰った生徒も多いと聞いていたけれど、校庭はたくさんの人で埋め尽くされていた。

炎が揺らめくたびに、私たちの影がゆらゆらとダンスをしているみたい。

右へ左へと揺れながら、その色を濃くしていく。

「音楽が止まったってことは、いよいよはじまるってこと」

航汰はたのしげに言う。

「はじまる?」

「これからキャンプファイヤーを消すんだ。そのあとは花火があがるよ」

右どなりに座る航汰が、まだ沈み切っていない空を指さす。

教室に戻ったあとも、当たり前のように航汰は私を校庭へ誘った。と言っても、後夜祭まで残る生徒はほとんど近くに固まって座っている。

美亜は、テニス部の人たちと、斜め前に座っている。言っていた通り、美亜ははしっこで愛想笑いを浮かべていた。目が合うとお互いに小さく手をふり合った。

「あー花火楽しみだ。このあたりじゃめったに花火なんてあがらないからさー」

ニッコリと笑う航汰と、これほど近い距離にいられるのはこれが最後かもしれない。

美亜が教えてくれた『血が覚えている』を体験している気分。

なにをしていても誰といても、航汰のことばかり考えている。

体中の血が、航汰への気持ちを必死で叫んでいるみたい。

——好きよ、好きだよ、好きなの。

だからこそ、私はちゃんと区切りをつけなくちゃいけない。

湧きたつ感情はいつかは平熱に戻ってしまうだろうから。

東京に戻れば、また前の生活に戻り、ここでの日々も過去になる。

美亜のそばにいたいけれど、航汰に好きと言いたいけれど……。

「航汰」

なにげなく言うと、航汰が「ん」と顔を向けた。

「前にバイト先にお邪魔したとき、和馬《かずま》さんが言ってたよね。航汰に好きな人がいる、って。その話って聞いてもいい？」

「うん、いいよ」

あっさりうなずく航汰に、少し胸がチクリと痛んだ。

でも、ちゃんと聞かないと、私の恋は自分でも抑えられないくらい大きくなってしまう。

「同じクラスの子なの？」

「そういうのじゃなくってさ、昔仲がよかった子なんだ」

――好き。

「フルーツワードもその子に教えてもらったんだよね？」

「だね。最初のころはふたりで一生懸命考えたんだ」

――好きだよ。

「今でもその子のことが好きなんだね」

「過去も今も未来も、ずっと好きだよ」

——好きなの。

当たり前のように言う航汰に、

「がんばってね」

そう言えた。長い恋をしている横顔が、キャンプファイヤーの炎に照らされている。

まっすぐで深い恋をしている航汰が大人に見えた。

私の恋は、この地に置いていこう。

今は苦しくても、そうしないと、この先ずっと苦しくなる。

「梨沙はもうすぐ東京に帰るんだね。うちの大学を受けるかは考えてみた?」

「たぶん、ないんじゃないかな。やっぱり東京の方が便利だしね」

平気な声で答えた。

美亜の前では裸の心になれても、好きな人の前ではやっぱりムリだよ。

私の好きな人は、私のことを好きじゃない。

だったら、最後まで友達としてお別れをしたい。もう、傷つくのは嫌だから。

航汰がさっき買ったイチゴ飴《あめ》をひょいと目の前に差し出した。

イチゴ飴を見ると、いつも瑞樹《みずき》君のことを思い出す。

それがなぜなのかは思い出せないけれど、毎回なつかしい感覚を覚えてしまう。

「リンゴ飴ってメジャーだけど、子供の頃ってイチゴ飴はそんなに有名じゃなかったんだ」

プラスチックの棒についたイチゴが赤い飴でコーティングされている。キラキラと輝く宝石みたいに見えて、気がつけば受け取っていた。

「イチゴのフルーツワードは『恋』なんだ。これは昔からずっと変わらない」

つい深読みしそうになる自分を戒《いまし》める。

航汰にそんな気持ちはない、ただのフルーツワードなんだから……。

ふいにあたりが暗くなった。

キャンプファイヤーはただの黒い塊《かたまり》になり、校庭を照らすライトも次々に消えていく。

「花火がはじまるよ」

ざわめく生徒たち。すぐ近くでヒュウと風を切る音がした。

見ると、校舎の上にまっすぐな光の線が空に昇っていく。すぐに消えたあと、弾ける音と同時に花火が空に咲いた。

悲鳴にも似た歓声がいたるところでしている。

花火は、すぐに光の線を闇に溶かして消えた。

続いてもうひとつ、ふたつ、みっつ。

空を埋め尽くすのには程遠い小さな花火なのに、あまりにも美しく胸に迫ってくるようだ。みんなのさわぐ声も聞こえない。

ああ、花火みたいにこの気持ちも空に昇って、一瞬で消えてしまえばいいのに。それならずっと航汰と友達でいられる。この地にある大学を選び、美亜とも一緒にいられるのに。

せっかく見つけた道を選べないのなら、恋なんて散ってしまえばいいのに。

視界が潤んだと思ったら、もう頬に涙がこぼれていた。

バレないように暗闇に隠れるようにうつむいた。袖《そで》で涙を拭きながら願う。


私の恋が叶いますように。


これで私の恋は叶わないだろう。これでいい、こうするのがいちばん――。

「航汰！」

突然誰かの声がそばでした。

見ると知らない男子が親し気に航汰の肩を抱いて、となりに座るところだった。

「どうよ、楽しんでる？」

細身の男子はジャージを着ている。

「はい、楽しんでいます」

敬語でしゃべっているということは三年生なのだろうか？

「あ、交換留学の？」

興味津々《しんしん》に目を丸くする男子に頭を下げた。

「村上梨沙です」

「俺、高林《たかばやし》。こいつの元先輩」

暗くてわからないけど、高林さんの肌は日焼けしているみたい。

「先輩、あとで顔見せますから」

「いいっていいって。それより引退試合ダメだったわ。早くに引退したエース候補にいい報告したかっただけ――」

ひと際大きな音で花火が咲いた。

高林さんは、「じゃ」と航汰の肩を激しくたたいてから行ってしまった。

航汰はうしろ姿を見送ったあと、また空に目をやった。

「ここの人はみんなやさしいんだよね。ケガであっけなく引退したのに、こうやって声をかけてくれる」

空にまた花火が咲いた。航汰の横顔に涙が光っていることに気づいた。

なのに笑いながら航汰は言う。

「やさしくてやさしくて、だけどなんにも返せなくて、勝手に傷ついてる。そんな自分が嫌になるよ」

「航汰……」

「ああ、ダメだ。うれしいのに悲しい」

立ちあがった航汰の顔が見えない。

「ちょっとつき合ってくれる？」

涙声の航汰にだまってついていく。

花火はクライマックスを告げるように連続して、音と光を放っている。

そのたびに航汰のうしろ姿が浮きあがったり遠ざかったり。

暗闇ではどんな顔をしているのかよく見えない。なにを話せばいいのかもわからない。

やがて照明が灯った。花火の終わりは、後夜祭の終わり。

校門へ向かい始める人たちの声がガヤガヤと響いている。

航汰は笑っていた。参ったな、というような照れ笑いで彼は尋ねた。

「これから、浜名湖《はまなこ》に行かない？」

と。

航汰はいつも通りだった。

列車を待っている間も、駅から浜名湖へ向かう間もずっと学校のことや家のことを話し続けていた。

砂浜の上には満月がぽっかり浮かんでいるせいで、前に来たときよりも明るかった。

私たちは途中で買ったサイダーを手に、砂地へ腰をおろした。

ちゃぷちゃぷと風が水面を揺らしている。

しゅわしゅわとサイダーが音を立てている。

航汰はあぐらをかいた姿勢で空を見あげた。

「空は広いね」

「うん」

「果てしない空を見ていると、自分なんてちっぽけに思えてしまう。過去も今も、未来のことも、宇宙の歴史からすればなんてことないんだって」

はあ、と息を吐いたあと、航汰は浜名湖に目をやった。

「ありがたいのに、俺はダメだな。気を抜くとふらついてばっかり」

なぐさめの言葉はこれまでにもたくさんかけてもらったのだろう。私だって同じだ。

それでも航汰になにか伝えたいと思った。

「前にここで事故に遭《あ》ったこと教えてくれたよね？」

「あれからもう一か月以上たつなんて早いなあ」

うん、とうなずいて航汰を見る。

「航汰に起きたこと、航汰の気持ち、航汰の傷……ぜんぶ理解してあげられるとは言えない。でも、理解したいって思う」

「うん」

「悲しい過去はずっと消えない。それでも航汰はすごいよ。ちゃんと弱さを吐き出せるんだから」

私にはできなかった。瑞樹君のことを記憶から消して、見ないフリで生きてきた。

「ありがとう、私に話をしてくれて」

そうだ、これが今伝えたかったことだ。

「いやいや」

照れたように笑ったあと、航汰は「見る？」と尋ねた？

「なにを？」

「傷痕」

靴《くつ》と靴下を脱ぐと、航汰は左の足首を見せた。

月の光しかなくても痛々しい傷あとは見える。

「いっぱい傷ついたんだね」

体だけじゃなく心まで傷を負ったのに、あんなに明るくふる舞い、交換留学生の私の心配までしてくれている。

「航汰はすごいね」

心からの声は航汰にとどくかな。ううん、とどかない方がいい。

波のように揺れ動く気持ちは、やがて来る嵐を教えている。

「すごくないよ。あのケガ以降は練習場にすら顔を見せてないんだよ。やっぱりさ……悔《くや》しくって。でも、リハビリで教わったストレッチ方法をパソコンでまとめたりはしてるんだよ」

私は弱くてもろくてなにもできないけれど、嵐を避けるよりも傷ついている航汰に声をかけたい。そう思った。

「あのね、航汰」

靴下を履《は》く彼をまっすぐに見つめた。

「私が管理栄養士になりたいのは、子供の頃、入院先で助けてもらったからなの。少しでもよくなるようにって管理栄養士さんが一生懸命メニューを考えてくれたからなの」

私の原点は、きっとあの入院の日々にある。

「航汰もリハビリのメニューを考えたりしているんでしょう？　それって、航汰だからこそできるんじゃないかな」

「うーん、どうだろう」

靴を履き終えた航汰が首をひねった。意識して口を閉じる。

私だって迷っていたくせに、なにをえらそうに言ってるの。

航汰の気持ちは航汰にしかわからないのに……。

「もう少し聞きたいな」

月の光が航汰を包んでいる。

まるで今にも航汰が消えてしまいそうで不安になるよ。

「浜名湖大学には理学療法士や作業療法士になれる学科があるよね。ケガをしたアスリートを治したりアドバイスができると思う。傷ついた航汰だからこそ、きっと彼らの役に立てると思うの」

「……」

「ごめん……勝手なことを言って」

「……じつは、その線は考えてなくもないんだ。でも、いざ将来のこととなると、しり込みしちゃうんだよね」

「俺の考えていることがわかるなんて、梨沙ってやっぱりすごいね」

航汰が私を見る目が悲しい。なんにもすごくないよ。

「私なんて全然だよ。最初は逃げるようにここに来たし、今は今でこの場から逃げたいって思ってるもん。いっつも逃げてばっかりだから」

「それに関して言えば、俺もそう。人間は強くて弱いね」

もうすぐ最後の日が来る。

楽しかったことも恋をしたことも、この夜の思い出さえもぜんぶ過去になってしまう。

それがさみしかった。

「前にさ、忘れられない男の子がいるって言ってただら？」

「うん」

「俺もトラウマがあってさ、子供の頃に親が離婚したんだ。なんでかわからないけど、自分のせいで離婚したような感覚がずっとあってさ。だから、ここに来た時に思った。誰からも嫌われないように明るくしていよう、って。そんなことしても、ちっともトラウマは消えないのにね」

さみしげに顔を伏せたあと、航汰は小さく笑った。

傷ついて悲しみを抱えた私たちは、それでも生きてきた。

私は願いごとを口にできなくなり、航汰は笑顔をはりつけ今日まできたんだ。

きっと私たちは似ている。

だからこそ、これ以上近づいては苦しくなる。

もうこれ以上、私も苦しみたくないし、航汰も苦しませたくなかった。

「あ、見て。すごい星」

果てしない空の一点を指す航汰。

雲が月を隠したせいで、星が一斉にまたたいて見えた。

「流れ星も見えそうだな」

大きすぎる空をまぶたに焼きつける。

たとえ流れ星を見ても、私はやっぱり願いごとはできない。

「あの星とあの星はよく似ている。けれど、同じ星座を形作っているんだ」

楽しげに教えてくれるけれど、どの星を指しているのかわからなかった。それでも今夜、この星を私は永遠に忘れないだろう。

「俺が浜名湖大学に進むのなら、梨沙もここに戻ってくるの？」

「それは……ないんじゃないかな。だって私は交換留学で来ただけだし」

瑞樹君の時みたいにウソはつきたくない。でも、ちゃんと笑顔で別れるには、そう言うしかなかった。悔しくて一気に視界が涙でゆがんでいく。

私たちふたりは、離れて生きていかなくてはいけない。

やっと航汰への想いを確信できたのに、もうさよならなの？

「俺、ずっと片想いしてたんだけど、やっと区切りがつけられそうなんだ。全部、梨沙のおかげだよ。梨沙に出会えてよかった」

――言わないで。

「離れ離れになっちゃうなんて、考えたくないよな」

――それ以上言われたら、別れがつらくなる。

「なあ、梨沙。クリスマスにさ――」

――この恋は、かなわない。

大きく息を吸ってから立ちあがる私に、航汰は口をつぐんだ。

「なんか寒いね。もう帰ろう」

「あ、うん」

「東京に戻ったらさ、オンラインで勉強を教えてあげるからね」

本当の気持ちが見えた今、必死で感情がバレないようにするしかない。

だって私たちはもうすぐ、違う地で生きていくのだから。

「いつの間にか俺が浜名湖大学を受けることになってんじゃん」

「推薦《すいせん》でも入試はあるわけでしょ？　私は東京の大学を受ける。ふたりして合格できるといいよね。あ、願うと叶わないから、今のはナシ」

航汰が噴き出した。あまりにも楽しそうな笑顔から目を逸《そ》らせた。

「航汰にこれあげる」

さっき買ったイチゴ飴《あめ》を差し出した。

「それは梨沙のやつ」

「いいの。これは航汰のお守り。イチゴのフルーツワードは『合格』なんだよ」

これが最後のウソ。私たちはここでさよならをしなくちゃいけないから。

「勝手にフルーツワード変えてるし」

ケタケタと笑う航汰に私も笑った。

これでいいよね。私たちはいつもいつも笑っていたから。

痛む胸をごまかして歩道に出ると、まだ月が光をこぼしていた。

6　空の青、海の青

文化祭が終わって三日がすぎた。

いよいよ、明日は交換留学生としての最終日となる。

段ボールに最後の荷物を詰めていると、玄関で「ただいま」と美亜《みあ》の声がした。

今日は部活が早く終わったのかな。

最後の夕飯は私が作ることになっているから急がないと。

手早く段ボールに小物類を詰め、おばさんに借りた布テープで封をすれば完了。あとは明日、おばさんに出しておいてもらうだけ。明日の朝に出せば翌日には家にとどくそうだ。

さあ、下におりないと。

頭ではわかっているのに、体と絨毯《じゅうたん》が引っついたように動けない。

あっという間に最後の夜になってしまった。

ううん。あっという間というには、いろいろありすぎた。

楽しかった思い出の再生は、最後は航汰《こうた》の笑顔の場面で止まってしまう。

あの夜、航汰はなにを言いたかったんだろう。

もしかしたら私のことを、好きと言いたかったの……？

「違う」

つぶやけば涙が勝手に込みあげてくる。

彼は、自分の片想いに区切りをつけられそうだって言っただけ。

冬に再会の約束をしたかっただけなのに。

この地に来て、変われると思った。実際に自分の夢もはっきりとわかった。

なのに、最後の最後にウソをつくなんて……。どうして私はこうなんだろう。

瑞樹《みずき》君を傷つけたあの日から、少しも成長していないみたいで嫌になる。

「ちょっと梨沙」

ノックもなしにドアが開き、ジャージ姿の美亜がズカズカと部屋に入ってきた。

「話があるんだけど」

「今じゃないとダメ？　ほら、夕飯を作らないといけないから」

立ちあがろうとする私の肩を強引に押すと、美亜はとなりにどすんと座った。

「あたし、怒ってるんだけど」

「え？」

驚いて横を見ると、これ以上ないくらい口をへの字に曲げている。

「東京の大学を受けることにしたって本当なの？　あたしには、浜名湖《はまなこ》大学を受けるかどうか、ちゃんと考えるって言ってくれたじゃん」

「航汰に聞いたの？」

「ほかに誰がいるのよ。それを聞いてあたしがどれだけショックだったか。あたし本気でうれしかったのにひどいよ！」

顔を真っ赤にした美亜が「うう」と顔をゆがませたので、あわてて首を横にふった。

「違う、違うの」

「なにが違うのよ。あたしは梨沙のこと、本気で信用してたんだよ」

「聞いてよ」

「いや。ぜっだいにぎがない。だってあたじ――」

「美亜」と涙がこぼれる頰《ほお》を両手ではさんだ。

「航汰にはああ言っちゃったけど、私、ちゃんと考えてるから」

「むぎゅ」

ヘンな声をあげる美亜を見ていたら、悲しみがぶわっと込みあがってきた。

あっけなく頰に涙をこぼしながら、私は深く息を吸う。

「航汰に東京の大学って言ったのは、私が、私が……航汰を本気で好きになったから。これまでの恋とは違うってわかるの。それくらい好きなの。でも、明日から離れちゃうんだよ？」

指先に美亜のあたたかい涙を感じる。

同じくらい泣きながら喉《のど》から言葉を絞《しぼ》り出す。

「怖いの。このままつらい片想いが続いたら、って。もし両想いになっても、彼が好きな人を忘れられなかったら……」

私にはなにもない。航汰を好きになる資格も、彼の気持ちを確かめるすべもなにもない。血が覚えているからこそ怖くて仕方がない。

美亜が両手でガシッと私の手をつかんで引きはがした。

「前の時はこんなに長くほっぺたつねってないし」

「あ、ごめん」

ティッシュを箱ごと取った美亜が「はい」と渡してくる。二枚取って涙を拭いて、やっぱり足りなくて二枚追加した。美亜なんて十枚くらい使って鼻をかんでいる。

しばらく涙の掃除《そうじ》をしてから、美亜は「そっか」と言った。

「航汰のこと、本気になったんだ」

否定するほどに想いは強くなっていく。

「うん」

「だから最近、航汰とあんまりしゃべらないの？　あいつ、なんにも言わないけどすっごく気にしてるよ」

あの夜以降、航汰とはあえて距離を取っている。

話しかけられると普通に答えるけれど、それ以上の会話は避けていた。

あと1ミリでも近づいたなら、想いが止まらなくなりそうだったから。

結局私は、どこへ行っても逃げてばかりだ。

「梨沙の血が覚えていたんだね」

美亜がまた例の話を持ち出した。

「それはどうかわからないけどね、気持ちを伝えたいって毎日のように思ってるよ。でも、そうすることでこの先ずっとつらくなる。不安でおかしくなっちゃう。私が本気で願ったことは叶わないから」

美亜は絨毯を見つめたまま言葉を探している。沈黙のあと、美亜が立ちあがった。

「梨沙の気持ちはわかったよ。怒っちゃってごめんね」

「ううん。私こそ、ごめんね」

「あたしからもひとつだけ言ってもいい？　梨沙は、自分の願ったことは叶わないって言ってたよね」

「うん」

「たくさん願ってみたら？」

意味がわからず戸惑う。たくさん願うってどういうこと？

「呪いを解くには避けるんじゃなくて、たくさん願ってみるの。どんなことでもいいから、願ってみてよ」

「美亜がおいしくご飯を食べられますように」

おどける私に、美亜は「こら」と唇を尖らせた。

「そんなの願いじゃないでしょ。たとえば大学に合格するように、とか。試合で活躍……優勝しますようにとかさ」

そうしたいけれど、まだ私には勇気がない。

「考えておくね」

逃げた私を、それ以上美亜は追及してこなかった。

最終日は月曜日だった。

この高校にとって初めての交換留学生ということで、朝の全校集会で挨拶《あいさつ》をさせられた。といっても、活動記録をまとめた文章を読みあげ、最後に「ありがとうございました」と頭を下げただけ。

たくさんの生徒のなかにいても、航汰の姿だけはすぐにわかってしまう。私に大きく拍手をしている航汰、少し前に立っている美亜はまた泣きそうになっている。

教室に戻る前に校長室に呼ばれた。

入ってびっくり。校長室にはテレビカメラを構えた人とそのスタッフ、新聞社のワッペンをつけた人たちがいたのだ。壇上《だんじょう》で挨拶をした時にもいたけれど、学校が資料に使うために撮影しているのかと思っていた。

「地元の静岡第三《しずおかだいさん》テレビの方たちと、浜松《はままつ》新聞という新聞社の方。インタビューをするそうだ」

説明する熊谷《くまがや》先生はいつものジャージじゃなくスーツを着ている。理髪店にも行ったのだろう、髪が短く切りそろえられていた。

「村上《むらかみ》さんは、文化祭で大活躍をしましてね――」

校長先生は、人から聞いた情報を自慢げに話をしている。

そもそも、私が校長先生に会ったのは初日だけだったのに。

インタビューを受けても放送や掲載される頃に、私はもうここにいない。

今日は二時間目のホームルームまでが私のタイムリミット。それが終われば東京へ向かわなくてはならない。だから、一秒でも早く教室に戻りたかった。

なんとか笑顔で模範解答を口にし、ようやく解放された。すでに二時間目の授業がはじまっているころだろう。

トイレをすませてから教室のドアを開けると、わーっと拍手が鳴った。

黒板にカラフルな色で『村上梨沙　送別会』と書かれてある。

横には果物のイラストがたくさん描かれてあった。

「サプラーイズ！」

美亜が私の手を取り壇上へ導く。みんながニコニコと私を見ている。

「今日は文化祭実行委員会として梨沙のお別れ会を企画しました。ちょっとクサいかもだけどね」

ナギも壇上にいて、なにやら紙を手にしている。

「発表します。先日開催された文化祭において、我が二年一組は、模擬店《もぎてん》売り上げ第一位、一般客評価第一位、教師が選ぶ模擬店第一位に選ばれました！」

割れんばかりの拍手と声が一気に生まれた。

気づけば航汰を見ていた。

目が合うと、同時に逸《そ》らされてしまう。

逸らせば、また航汰は私に視線を戻す。こんなぎこちなさが、あの夜以来続いていた。

「うるさーい！　ほかの教室は授業してるんだから静かに！」

戻ってきた熊谷先生はもうジャージに戻っていた。

怒りながらもその顔は、インタビューの時よりもやわらかい。

クラスメイト代表者の手紙と、花束を受け取る。

うれしくて泣きそうなのに、そんな自分をどこか遠くで見ている気分だった。

終わりがこんなにさみしいなんて、知らなかったよ。


私の見送りは、交換留学実行委員会のふたりがしてくれた。

「三時間目サボれてラッキー」

だなんて、美亜ははしゃいで前を歩いている。航汰は私のうしろで口笛を吹く。

風が冷たくて、だけど心はあたたかいままだ。

もうすぐ、ぜんぶ終わってしまうんだ……。

あまりに晴れた空が、私を祝福してくれているみたい。

「梨沙、となりに来て」

手を差し出す美亜にぶらさがるように甘えた。

「ひゃあ、転んじゃう」

ふたりで笑うのも、こうして一緒に歩くのも……。翳《かげ》りそうな気持ちを必死でこらえた。

美亜も同じだよね。きっとわざと明るくふる舞ってくれている。

「向こうに着いたらＬＩＮＥしてね」

「うん」

「それから、ゆうべの約束考えてみて。願いごとをたくさんするってやつ」

「約束じゃなくて提案ね」

さらりと交わせば、三ケ日駅《みっかびえき》はもうすぐ目の前だ。

駅舎へ続く階段の下で美亜は足を止めた。そして私の手をそっと離した。

「航汰、あたし戻らなきゃ」

美亜が航汰に言った。

「は？　だって俺たち見送りしないと……」

「電車、乗り遅れたことにしていいよ。あたし、どっかで時間をつぶしてから戻るから」

突然の宣言に焦ってしまう。

「美亜、見送ってくれないの？」

「ゆうべまではそのつもりだったんだけど、やめたの。だってふたりとも情けないから」

意味がわからない私のとなりで、航汰も怪訝《けげん》な表情を浮かべている。

美亜は「あーあ」と青い空に嘆《なげ》く。

「あたしから見ればふたりともそっくりなんだよね。大事なものがわかってるのに、航汰はニコニコと、梨沙は気づかないフリで近寄ろうとしないの。手を伸ばせばとどくのに、同じ場所をクルクルまわってる」

「美亜……」

「いい加減ふたりでちゃんと裸の心で話をしてみたら？　その結果、うまくいかなくても仕方ないじゃん」

そう言うと、美亜は笑みを浮かべた。

「てことで」

ふわっと美亜が抱き着いてくる。

「梨沙がんばってね。前にも言ったけど、梨沙が選んだ答えをあたしは応援するから。そして、絶対にまた会おうね」

「美亜……私……」

体を離した美亜が、私の頬《ほお》をまた両手ではさんだ。

「最後にあたしのために願いごとをして。会えない時間に叶えてみせる。梨沙のトラウマをあたしが治してあげるから」

美亜の瞳が涙でキラキラしている。まっすぐな言葉は心の奥にすっととどく。覆《おお》っていた殻《から》がポロポロと剝《は》がれる気がした。

手を離した美亜に私は言う。

「美亜が浜名湖大学に合格しますように。美亜が私とずっと友達でいられますように。美亜が大会で優勝できますように」

青い空に願う。神様、この願いをどうか叶えてください。

「野菜嫌いは直してくれないの？」

涙を拭《ぬぐ》いながら美亜が尋ねた。泣き虫の美亜はもう顔をぐしゃぐしゃにしている。

「おばさんに野菜をこっそり忍び込ませるレシピ集を……渡したから、大丈夫だよ」

ダメだ。私も涙でうまくしゃべることができない。

「あはは。さすが梨沙だね」

航汰のそばに行くと美亜はその背中を思いっきりたたいた。バシンとすごい音がした。

「いてえ！」

叫ぶ航汰を無視して、美亜は私に手をふる。

「じゃあ、梨沙またね」

「またね」

大きくうなずくと美亜はふりかえらずに、学校とは違う方角へ歩き出した。

見えなくなるまで見送る。

「まだ痛いし」

ボヤいた航汰が背を向け階段をのぼると、切符を券売機で買ってくれた。

ホームに出ると、太陽の光がまっすぐ私たちに降り注いでいた。

風は冷たく、秋を教えている。

別れは、私たちから言葉をうばっていくよう。

あの夜からのぎこちなさも相まって、私たちはポツリポツリと話をした。

肝心《かんじん》なことを避ける私たちは、美亜の言う通り似ているのかもしれない。ううん、そっくりだ。

こんなふうに別れるなんてさみしいな、と思っていると航汰が「う」と声を出した。

「ヤバい。間違って俺も浜松駅までの切符買っちゃった」

目を合わせて数秒の沈黙。そのあと、ふたりして噴き出してしまう。

「さすがは航汰だね」

「払い戻ししてくれんのかなあ」

そうだよね、私たちはこんなふうにいつも楽しかった。

漂っていたぎこちなさは、一瞬で消えた気がした。

「いろいろありがとう」

航汰がそう言った。

「私、なんにもしてないよ。なんにもできなかった」

「そんなこと――」

「そんなことある。交換留学に来て、少しは変われたつもりだった。でも、今思うとちっとも変わってない」

美亜や航汰、クラスのみんながやさしいから錯覚《さっかく》してしまっただけ。

航汰に恋をするというつらさが増えたぶん、前よりも荷物は重くなったみたいだ。

「少なくとも梨沙は、俺を変え続けているよ」

急に航汰が言うから驚いてしまう。

なにも返事できずに固まる私に、航汰は横目で笑う。

「大学に行くことにした。梨沙に言われたからじゃなく、ずっと頭にあったことへのヒントをもらった感じ。傷ついている人の助けになれる資格がほしい。いつも梨沙は俺にヒントをくれてるんだ」

「そんな、私は……」

自分の気持ちを言葉にすることに、まだ躊躇《ちゅうちょ》してしまう。

私はやっぱり弱いままだね。

「美亜がさ、前に話したって言ってたんだけど……」

「え？」

「『血が覚えている』ってやつ、聞いたよね？」

「うん」

好きな人の前に立てば血がさわぎだすってやつだ。

「あれさ、美亜の勘違い。本当は『細胞が覚えている』って教えたんだよ」

「細胞が？　え、どう違うの？」

ふふん、とあごをあげると航汰は両腕を組んだ。

「細胞も親から受け継ぐものだよね？　親どころか俺たちの先祖からずっと受け継がれている。過去や前世で出会った大切な人との記憶も一緒に受け継いでいるんだ」

それから航汰は水平線を見つめた。

「好きな人に触れたいと願うのは、細胞が確認したいからなんだ。『この人かな』『この人が運命の人かな』って。大切な人に出会えたら、指先が触れるだけでわかるんだって」

なぜ航汰がそんなことを言うのかわからずに、線路の先へ目をやれば枯れゆく葉を揺らせて列車がホームに入ってきた。

ふらりと立ちあがる航汰の口が動いて、なにかを口にした。

けれど、それは列車のブレーキ音に消されてしまい、耳にはとどかなかった。

あっけなく開くドア。車内にはほかにお客さんは乗っていなかった。

ふり向くと、航汰が右手を軽くあげた。

笑顔で、だけどその瞳はなにか訴えるように……ううん、きっと私の考えすぎだ。

「またね」

「またね」

それが私たちの終わりの言葉になる。

ドアは閉まり、航汰の笑みを残して走り出した。

反対側のドアへ行き、ガラスに頭をくっつけた。

これでいいんだ。

私はただの交換留学生。
期間限定の私が恋なんてしてはいけなかった。
窓の外を見ていたら、思い出が洪水のようにあふれてきた。
航汰と初めて会った三ヶ日駅。
彼が好きだと言った浜名湖《はまなこ》の青。
グラニーズバーガーで見た笑顔。
フルーツパークで食べたリンゴ。
文化祭で模擬店《もぎてん》巡りをしたこと。
空を埋め尽くす花火も夜の浜名湖も、ぜんぶ思い出にして私は東京へ……。
すぐに浜名湖が見えてくる。
浜名湖はまるで航汰のよう。大きくてやさしくて、力強い。
航汰のことが好き。好きでたまらない。
——本当にこれでよかったの？
私の中にある血と細胞が叫んでいる声がした。
なのに、このまま想いを告げずに帰ってしまっていいの？
「……ダメだ」

となりの駅が見えてきたとき、自分の意志で降車ボタンを押していた。
運転手席に切符を入れ、ドアが開くのを待ってからホームへすべり降りた。
このまま帰ってはいけない。
無人駅の階段をおりると、今列車が走ってきた方向へ走り出す。
遠くに浜名湖の青が見えている。
浜名湖沿いの道を行けば、きっと三ヶ日駅に戻れるはず。
列車ならすぐの距離なのに、浜名湖のそばに出るまで時間がかかってしまった。
それでも必死で走った。
そう、問題なのは距離じゃない。彼の気持ちでもない。進路でもない。
全部、私の気持ち次第なんだ。
たとえとどかなくても、この気持ちは絶対に伝えたい。
昼にこんなに近くで浜名湖を見るのは初めてだった。
『空の青と海の青、どっちが青いと思う?』
瑞樹君の声がまた聞こえた。
「どっちも青いよ。比べられないくらい青くて、深くて、キレイだよ」
つぶやけば、瑞樹君が『やっぱりね』と答えた気がした。

ああ、思い出した。瑞樹君の顔がやっと浮かんだ。

彼はいつもいつも笑っていて、太陽みたいな子だった。

後夜祭の花火みたいに、後悔《こうかい》を空に打ちあげたい。

瑞樹君のことをやさしい記憶に変えられる日がきたら、もっと前向きになれるかな。

汗が額に浮き出ても、走りつかれても足を前に出し続ける。

まだ航汰は学校に戻る途中かもしれない。

会いたい。もう一度、航汰に会いたい！

右手に三ヶ日駅が見えてきた。

ハンカチで汗を拭いて、もう一度走り出そうとした時、ホームに誰かが立っているのが見えた。

近づくにつれてわかる。

それは――航汰だった。

一気に視界が潤み、その場に座り込んでしまう。

早く行かないと、という気持ちと同じくらい、まだそこにいてくれたことがうれしかった。

はあはあ、と深呼吸をして立ちあがり走り出す。

駅舎へ飛び込みその名を呼んだ。

「航汰！」

ふり向いた航汰は、信じられないような顔をして、だけど転げるようにかけてきてくれた。

「梨沙……！」

私の両手を引き寄せるように航汰はにぎった。

はあはあと荒い息を吐く私に、航汰はにぎった手の力を強くした。

「ずっと、梨沙のことが好きだったんだ」

「私も……私も航汰のことが好き」

やっと言えた……。

ホッとすると同時に、体から力が抜けそうになる。

涙で航汰の顔が見えない。

空の青も、海の青も見えない。

ぜんぶが溶けて混ざり合って、恋になる。

「ああ……」

不思議だ。やっと思い出せた瑞樹君の顔が、まるで航汰と重なって見える。

――『少なくとも梨沙は俺を変え続けているよ』

――『いつも梨沙は俺にヒントをくれているんだ』

これは……瑞樹君じゃない、航汰がさっき言ってた言葉だ。

変え続けている？　いつも？

「え、待って……」

涙を拭《ぬぐ》い気持ちを落ち着けた。

「こんな時なのに、ごめん。ヘンなこと言うけど……。航汰って、昔の友達にすごく似てる」

告白後にする話じゃないのに、勝手に言葉になっていく感覚だった。

航汰は見たこともないくらいやさしい目で私を見ている。

体中の血がさわいでいる。細胞が教えてくれている。

「あのね、瑞樹君っていう子でね。ふたごみたいに仲がよくって、でも……私のせいでもう会えなくって――」

言葉途中で、私は航汰に抱きしめられていた。強く、強く。

「やっと思い出してくれたね」

くぐもった声で航汰は言った。頭の中が真っ白になっていく。

「航汰……？」

いったいどういうことなんだろう。思い出すって……？

「さっき、列車に乗る前に心の底から願ったんだ。『思い出して』って」

航汰の口の動きはたしかにそう言っていた。

でも、思い出してっていったい……。

「空の青と海の青、どっちが青いと思う？」

耳元でささやかれる声にガバッと体を離すと、航汰は泣いていた。顔をくしゃくしゃにして、それでもうれしそうに笑う。

彼を私は知っている。遠い昔から……知っている。

「航汰が……瑞樹君、なの？」

誘われるまま航汰は私を外へ連れ出した。

手をつないだまま、さっき必死で走った道を歩けば、浜名湖がまた姿を現した。

まだ頭がジンジンしびれている。航汰が瑞樹君なわけがない。

だって名前も違うし、そもそも彼は……この街に住んでいるし。

最初の日、連れていってもらった場所につくと、航汰はまぶしそうに空を見た。

「子供の頃、すごく好きな子がいてね。名前を梨沙っていうんだ」

「え……」

「じつは俺、子供の頃はフルーツが嫌いだったんだ。ほとんど食べられなくていつも泣いてた。そんな俺のフルーツ嫌いを、梨沙は克服しようとしてくれた。フルーツワードっていうのを作って、俺が食べられないフルーツに意味を持たせてくれたんだ」

記憶の扉を開ける、開ける、開ける。それでもやっぱり見つからない。

「最初に作ってくれたのは、イチゴ飴《あめ》。イチゴの種を怖がった俺に、種が見えないように飴でコーティングしてくれたんだ。梨が嫌いだと言えば、ゼリーを作ってくれたんだ」

「それってそれって……！」

ぎゅっと手がにぎられた。そうだよ、と航汰が伝えてくれている。

「両親が離婚してさ、気づくと俺はこの町にいた。ほんと、気づいたらって感じ。梨沙のことを口にすると母親は悲しい顔をするから、それ以来言えなくなった。でも、ずっと好きだったんだ」

そこで航汰は首を横にふった。

「もちろんほかに恋はしたよ。でも、やっぱりうまくいかない。梨沙の時みたいに、細胞が覚えてなかったんだよ」

「待って。でも、でも……名前が違うよ」

にぎられた手が離され、航汰が私に体を向けた。

「離婚する前の俺の名前は、瑞樹航汰だった。父親とは会ってないから記憶には残っていない。梨沙は俺のこと、ずっと瑞樹君って呼んでいたよね」

「じゃあ……航汰はずっと私がその時の子だって気づいてたの？」

「それならドラマチックなんだけどさ」

航汰は鼻の頭をかいた。

「交換留学の担当になった時、梨沙の名前を教えてもらった時に『あれ？』って気づいた。梨沙の苗字《みょうじ》がわからなくて母親に尋ねてようやくわかったんだ」

「だったら、なんで……。どうして最初から教えてくれなかったの？」

それならこんなまわり道しなくてすんだのに。困った顔になった航汰が目を伏せた。

「美亜が言ってたとおり、俺は自分に自信を持てない。陸上もあきらめて大学進学もやめた。梨沙をがっかりさせたくなかったんだよ。幸い、梨沙は俺のこと忘れていたし」

「忘れてなかった。瑞樹君のことはずっと覚えていたよ」

「うん」とまた手がにぎられる。

「たまに話をしてたろ？　そういうひとつひとつが俺に勇気をくれたんだよ。それからは梨沙が自分で思い出せるように、ヒントをたくさんあげたつもり」

「ヒント？」

「梨のこととか、願いっこゲームとか、フルーツワードとかも」

そうだったんだ……。

「こんなことがあるんだね」

「きっと神様が願いごとを叶えてくれたんだよ。俺は梨沙に会いたかった」

「私も会いたかった」

ギュッと手に力が入った。航汰が、空と浜名湖が交わる境界線を指した。

「空の青も海の青も、どっちも青かったね」

「そうだね。どっちも青かったね」

「俺たちは今日から離れるけど、あの空と海くらいお互いを想い合ってきた。何年も、今日までずっと」

「うん」

「これまで何年も離れてたんだから、それに比べたら高校を卒業するまでなんてすぐのことだよ」

やわらかい声で言う航汰。

それが本当のことだって私はもう知っているから。

エピローグ

「あ、また浸ってる」

香菜《かな》に言われた時、私は指摘通り浸っていた。

教室のいちばんうしろの窓を開け、両肘をついてぼんやりしていたから。

すっかり東京は冬に暮れ、枯葉が校庭でくるくるダンスをしている。

交換留学から戻って、もう一カ月半がすぎていた。

「そう浸ってたの」

素直に認めると香菜はこれみよがしにため息で答えた。

「どうせ『浜松《はままつ》の空より小さい』とか、『航汰《こうた》に早く会いたい』とかでしょ」

聞き飽きたとでも言いたそうな苦い顔をしていても、香菜はかわいい。

「違うよ。東京の空だって捨てたもんじゃない、って思っていたの。だって、同じくらい青いし広いもん」

「でも、彼氏のことは考えていたんでしょ」

「もちろん考えてるよ。早く会いたいなぁって」

「あーあ」と香菜は今度は声に出した。

「交換留学に行ってから、梨沙《りさ》は思ったまま口にするようになっちゃった。前の秘密主義な感じが懐かしい」

嘆《なげ》く友の腕に、自分の腕を絡める。

「香菜の前では裸の心でいようって決めたの」

「その詩人っぽいのやめてよね」

そう言いながらも香菜は笑ってくれた。

廊下《ろうか》にもう生徒の姿はほとんどない。

期末テスト最終日の今日は、午前だけで学校は終わり。あと一週間で冬休みだ。

「浜松の大学に行くこと、梨沙のおばさんはなんて?」

「『今さらなに言ってるの? とっくにそのつもりよ』だって。冬休みに会いに行く時も一緒に行くって聞かないの。航汰のお母さんに久しぶりに会いたいんだって」

あの二カ月の物語は、学校では香菜と西条《さいじょう》さんにだけ話をした。

ふたりは最後まで真剣な表情で聞いてくれた。香菜なんて最後は号泣していた。

「世の中には不思議なことがあるもんだ。私の運命の恋人も、会った瞬間に血が教えてくれるのかなあ」

「どうだろう。私だって航汰に会ってすぐの時は、なんにも感じなかったし、フルーツワードのことすら忘れていたから」

お母さんと話をしているうちに、いろんなことを思い出した。

フルーツ嫌いで有名だった航汰に、私がフルーツワードを教えてあげたこと。入院中に、航汰がおばさんとお見舞いに来てくれたこと。幼稚園にお迎えに来た航汰のおばさんに『瑞樹《みずき》君と結婚する』と宣言したこと。

どれも写真のような映像でしか残っていないけれど、今年からは違うはず。

長い映画の予告編は終わり、これから本編が始まるのだ。

昇降口で靴《くつ》を履《は》き替え外に出ると、コートの裾《すそ》を風が揺らした。

今ごろ航汰はなにをしているのかな。

同じ空を見て、私のことを考えてくれているといいな。

毎日毎日、航汰のことを思っている。

切ないとか苦しいじゃなく、浜名湖《はまなこ》に漂っているような穏やかな気分が続いている。

その時が来たら、航汰と行きたい場所がある。

空と浜名湖の青色が重なる思い出の場所へ。

「あ、そうだ。これあげる」

カバンから三ヶ日《みっかび》みかんを三つ取り出して香菜にあげた。

昨日、航汰から段ボールでとどいた三ヶ日みかんは、私たちの思い出の品。

これから帰って、フィッシュクッキーとベジタブルクッキーを作って航汰と美亜《みあ》に送る予定。水分を減らせば日持ちもするだろう。

「ミカン、あんまり好きじゃないんだよね～」

そう言いつつも香菜はいそいそとカバンにしまった。

「三ヶ日みかんのフルーツワードは『思い出』だよ」

「それって自由に変えてもいいんでしょ。じゃあ、『友情』にしよう」

「いいねそれ」

クスクス笑う。香菜は私の大切な友達だ。

「なんにしても最近の梨沙はいい感じ。私にも幸せのおすそわけをよろしくね」

校門で手をふり、香菜と別れた。

また明日。それまで元気でね。

東京の空はやっぱり青かった。

冬の雲が西へプカプカ泳いでいる。

流れていけ、あの場所へ。
私の想いを乗せて。
「いつか、航汰と同じ空を毎日、見られますように」
願いはきっと叶う。
ううん、必ず叶えてみせる。
裸の心で見渡せば、世界は一層輝いて見えた。

完

あとがき

「恋を知らない人ほど、恋を語りたがる」

中学生の時、クラスメイトが口にした言葉を今でも覚えています。

あれから長い時間が過ぎ、今となってはそれをどんな状況で誰が誰に言ったのかも忘れてしまいましたが、ふと思い出すことがあります。

この物語の主人公である村上梨沙《むらかみりさ》も、恋についてわからないまま日々を過ごしています。

友達とは楽しくはしゃぐけれど、好きな人のことを口にできないまま、ごまかして笑う。

そんななか、短期交換留学生に抜擢《ばってき》されてしまい、静岡県浜松《はままつ》市へとやってきます。

彼女にとって忘れられないのは、

「空の青と海の青、どっちが青いと思う？」

という、幼稚園のころ大好きだった人に言われた言葉でした。

二か月という短い期間を過ごすなかで、彼女は本当の恋を見つけ、くじけながらも前に進もうと必死でもがきます。

誰でも一度は経験したことのある胸の痛みや切ない想いを、三ヶ日町《みっかびちょう》という実在の場所を舞台に描きました。

前作『この恋は、とどかない』と主人公は違いますので、本作からお読みいただいても大丈夫ですが、読んでくださったかたにはなつかしい登場人物も顔を出しています。

本当の恋を知ることでのよろこび、不安、焦燥感《しょうそうかん》を経て、梨沙が出した答えを皆さんで見守ってくだされば幸いです。

この物語を執筆するにあたり、天竜浜名湖鉄道《てんりゅうはまなこてつどう》様、はままつフルーツパーク時之栖《ときのすみか》様、グラニーズバーガー様、三ヶ日町農業協同組合様にご協力をいただきました。読後、作中に出てくる場所へ出かけ、商品を手にしてくだされば幸いです。

また、本作品を完成させるにあたりご尽力《じんりょく》くださいました編集部の皆様、前作に引き続きすばらしい装画を描いてくださった飴村《あめむら》様、デザイナーの関《せき》様に感謝申しあげます。

空の青と海の青、どっちがより青いのか。

いつか、皆さんの答えを聞かせてください。

二〇二二年五月　三ヶ日駅ホームにて　いぬじゅん

※この作品はフィクションです。実在の人物・団体・事件などにはいっさい関係ありません。

集英社オレンジ文庫をお買い上げいただき、ありがとうございます。
ご意見・ご感想をお待ちしております。

● あて先
〒101-8050　東京都千代田区一ツ橋2-5-10
集英社オレンジ文庫編集部 気付
いぬじゅん先生

集英社
オレンジ文庫

この恋が、かなうなら

2022年 5 月25日　第1刷発行
2022年12月17日　第3刷発行

著　者　いぬじゅん
発行者　今井孝昭
発行所　株式会社集英社
〒101-8050東京都千代田区一ツ橋2-5-10
電話【編集部】03-3230-6352
【読者係】03-3230-6080
【販売部】03-3230-6393（書店専用）
印刷所　株式会社美松堂／中央精版印刷株式会社

ISBN 978-4-08-680448-6 C0193